Harry Potter

해리포터

마법 도구 금고

✴ THE ✴
ARTIFACT
VAULT

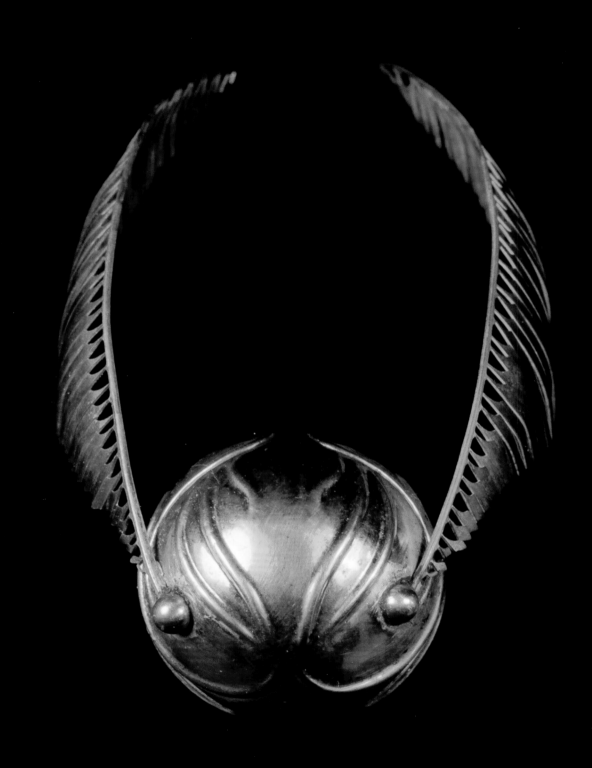

Harry Potter

해리포터

마법 도구 금고

THE ARTIFACT VAULT

조디 리벤슨 지음

고정아 옮김

문학수첩

차 례

들어가는 글

〈**해**리 포터〉영화의 마법 세계에서는 머글 세계와는 다른 신기한 책, 시계, 거울, 트렁크 등의 물건이 중요한 역할을 한다. 영화 제작에서 '소도구' 또는 '소품'이라고도 하는 이런 물품들은 등장인물들이 활용하기도 하고 세트를 장식하는 데도 쓰인다. 이 가운데 많은 수가 '주인공 소품'이라 불리는데, 캐릭터와 스토리에 아주 중요한 역할을 하는 주인공들이 쓰는 특별한 물건이다. 〈해리 포터〉영화에서 소품은 호그와트 마법학교 안에 끝없이 찍히는 (물리적으로나 배신자로서나) 쥐새끼 같은 걸음들을 보여주는 지도에서부터 시간을 돌려 결국 두 사람의 목숨을 구하는 목걸이까지 아주 다양하다. 이름이 가득 적힌 종이 한 장은 어린 마법사들이 어둠의 세력에 결연히 맞서는 모습을 보여주고, 액체가 담긴 그릇은 예전에 저지른 비극적인 실수

를 비추며 이를 바로잡을 수 있음을 알려준다. J.K. 롤링이 〈해리 포터〉책에서 창조한 마법 도구들은 캐릭터의 성격을 이야기하고, 작가가 건설한 세계를 풍성하게 해주며, 내용이 전개되는 데 핵심적인 역할을 한다.

〈해리 포터〉영화의 도구 제작은 프로덕션 디자이너 스튜어트 크레이그로부터 시작한다. 그는 영화 제작에 필요한 모든 창작 부서를 지휘했다. 어떤 물체가 어떤 인물과 장소에 필요하다고 대본에 나오는 경우도 있지만, 대본

옆쪽: 책, 그림, 캐비닛, 천문 관측 장치 등이 가득한 알버스 덤블도어 교수의 교장실.
위: 9와 4분의 3번 승강장 표지판 스케치.
아래: 〈해리 포터와 혼혈 왕자〉에서 해리 포터의 그리핀도르 기숙사 방 침대 테이블 위에 지팡이, 안경, 호그와트 비밀 지도, 《상급 마법약 만들기》 등 이야기에 중요한 소품들이 놓여 있다.

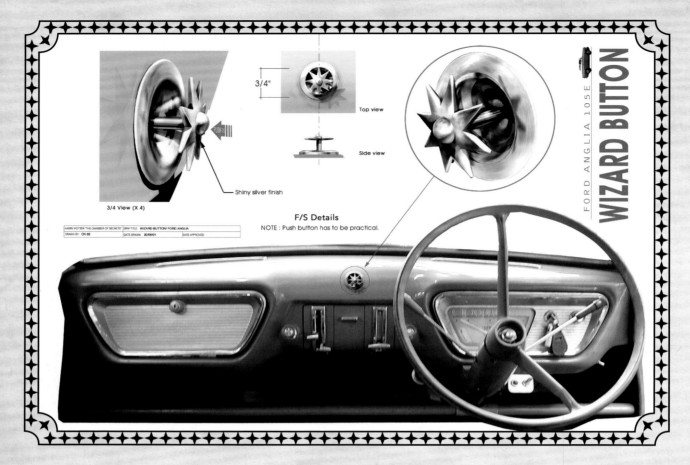

3/4"

Top view

Side view

Shiny silver finish

3/4 View (X 4)

PUSH

F/S Details

NOTE : Push button has to be practical.

HARRY POTTER "THE CHAMBER OF SECRETS"	DRW TITLE: WIZARD BUTTON/ FORD ANGLIA	
DRAWN BY: CN 02	DATE DRAWN: 20/08/01	DATE APPROVED:

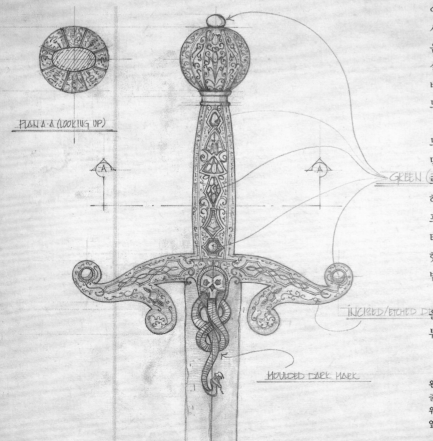

PLAN A-A (LOOKING UP)

GREEN (GREY) BOOK

INCISED/ETCHED D...

MOULDED DARK MARK

에는 없어도 천년 전통 학교에서 학생과 교수 들이 매일 사용하는 물건, 마법사 가정의 물건, 과도기 정부의 서류, 길게 뻗은 상점가에서 파는 물품, 파티 음식 등등 마법 세계를 채울 많은 물건이 필요했다. 크레이그는 스크린 속에 실감 나는 마법 세계를 만들어내기 위해 제작자 데이비드 헤이먼, 데이비드 배런을 비롯해서 감독 크리스 콜럼버스, 알폰소 쿠아론, 마이크 뉴얼, 데이비드 예이츠, 그리고 원작자 J.K. 롤링과 끊임없이 의논했다.

"모형 제작 팀과 소품 팀은 그야말로 거의 모든 것을 만들었습니다. 그 모든 것이 마법 세계에만 존재하는 것이었으니까요." 제작자 데이비드 헤이먼의 말이다. 미술 팀의 주축이었던 해티 스토리는 말한다. "소품 팀 감독으로서 무슨 일을 했느냐고 물으면 저는 '지팡이와 빗자루'를 만들었다고 대답하죠." 영화에서 소품만을 담당하는 미술 감독을 두는 일은 드물지만, 〈해리 포터〉 영화의 소품들은 세상에 없는 것을 만들어내야 했기 때문에 〈해리 포터와 마법사의 돌〉 때부터 이미 그 자리를 만들어 마지막 편까지 역할을 유지했다. 해티 스토리 전에는 루신다 톰슨과 알렉스 워커가 그 역할을 맡아서 마법 물건들의 디자인, 드로잉, 제작을 감독했다.

해티 스토리는 "피에르 보해나가 이끄는 소품 제작 팀이 핵심적인 역할을 했다"고 말한다. "보해나의 팀에는 조각가, 목수, 화가 같은 리브스덴 스튜디오의 재능 있는 공예가들이 많았죠." 디자인 과정은 스튜어트 크레이그

왼쪽: 〈해리 포터와 죽음의 성물 2부〉에서 그린고트의 레스트랭 금고에 있는 가짜 그리핀도르의 칼. 줄리아 드호프 스케치.
위: 아서 위즐리의 하늘을 나는 자동차 포드 앵글리아의 투명 부스터 버튼 비주얼 개발 그림.
옆쪽: 〈해리 포터와 혼혈 왕자〉에서 케이티 벨에게 저주를 건 목걸이. 미라포라 미나 디자인.

와의 회의에서 시작해, 해티 스토리가 이끄는 스케치 팀이 책에 나오는 설명을 모으고 각종 연구 자료와 참고 자료를 결합해서 기술 드로잉을 하는 것으로 마무리됐다. 다른 소품은 애덤 브록뱅크를 비롯한 콘셉트 아티스트들이 디자인했다. 브록뱅크는 위즐리 형제의 신기한 장난감 가게의 진열대 대부분을 온갖 장난감과 사탕으로 채우기도 했다. 영화 제작이 시작되었을 때에는 책이 완결되지 않았기 때문에, 전편에 나온 주인공 소품이 이후 내용에서 다른 모습으로 묘사되는지 여부를 담당자들이 알 방도가 없었다. 실제로 그런 소품이 종종 발견되었는데, 그런 경우에는 그래픽 아티스트와 소품 디자이너들이 재빠르게 이를 수정했다. 디자인이 확정되면 보해나가 이끄는 소품 제작 팀의 목수, 석고 기술자, 금속 기술자 들뿐 아니라 의상 팀의 재봉사와 미술 팀의 화가도 참여해 물건을 완성했다. 소품 감독 배리 윌킨슨은 완성된 소품들을 제자리에 배치하고 세트 안팎에서 관리했다.

그래픽 디자인에서는 두 명의 아티스트 미라포라 미나와 에두아르도 리마가 팀을 이끌며 〈해리 포터와 비밀의 방〉에 나오는 론의 호울러부터 볼드모트 경의 호크룩스까지 거의 모든 것을 디자인하고 제작했다. 미나와 리마는 화면에 중요하게 나오는 물품도 많이 작업했지만, 배경에 놓이는 물건들도 허술하게 다루지 않았다. "어떤 물건은 1초면 눈앞에서 사라지지만, 관객이 몰입하고 배우가 캐릭터를 연기하는 데 큰 도움을 줘요." 미나가 말한다. 미나와 리마는 아이디어를 얻기 위해 보이 스카우트 회원 카드에서 1930~1940년대 소설, 냉전 시대 소련의 선전물까지 온갖 자료를 연구했다. "〈해리 포터〉 영화 작업을 하면서 가장 좋았던 점 하나는 19세기 인쇄기부터 현대 디자인까지 너무도 다양한 양식을 시험해볼 수 있다는 것이었어요." 리마가 말한다.

옆쪽: 프로덕션 디자인과 세트 장식 팀은 학생들의 침대 옆 테이블에 개성을 불어넣었다. 〈해리 포터와 혼혈 왕자〉에서 그리핀도르의 딘 토마스는 자신이 웨스트햄 축구 팀 팬임을 분명히 드러낸다.
위, 왼쪽에서 오른쪽: 그래픽 팀은 위즐리 형제의 신기한 장난감 가게에서 파는 놀이 카드부터 해리 포터의 호그와트 급행열차표, 허니듀크 가게의 사탕 포장지까지 수많은 소품을 만들었다.
아래: 〈혼혈 왕자〉에서 덤블도어 교수의 교장실 2층에 놓인 정교한 천문 관측 의자.

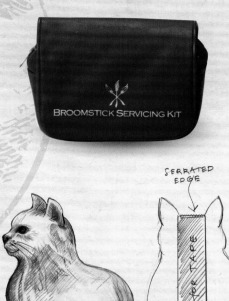

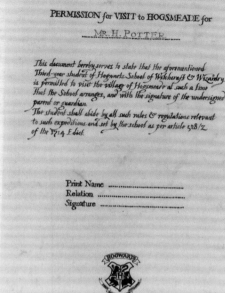

하지만 디자이너들은 자신들이 아무도 본 적 없는 마법 세계를 만든다는 사실을 항상 잊지 않았다. 미나가 다시 말한다. "전체적으로 우리의 디자인은 완전히 새로운 세계를 만드는 게 아니라, 우리가 아는 현실을 가져다가 약간 변형하는 방식이었어요. 그렇게 해서 믿음이 가는 분위기를 만들려고 했죠." 주인공 소품을 만들 때 제작 팀이 사용한 독특한 방법 중 하나는 "캐릭터의 머릿속으로 들어가보기"였다. 그들은 스스로에게 질문했다. "지도를 만드는 10대 마법사 4명은 어떤 기능을 넣고 싶어 할까?" "질데로이 록허트는 자신의 책 디자인을 통해 무엇을 얻고 싶어 할까?" "마법학교 경연 대회에서 상으로 주는 고대 잔은 어떤 모양이어야 할까?" 미나는 말한다. "영화 속 물품을 디자인할 때마다 우리는 매번 등장인물의 머릿속, 그 장소의 환경, 그 순간의 역사 속으로 들어갔어요. 한순간에 그 한 점의 그래픽으로 스토리 진행을 도와주는 것이 우리의 의무였죠." 리마는 이렇게 정리한다. "항상 스토리를 생각해야 해요. 소품으로 스토리를 전해야 하죠."

루핀 교수를 연기한 배우 데이비드 슐리스는 〈해리 포터〉 영화 출연진 가운데 주인공 소품으로 특별히 강렬한 인상을 남겼다. 슐리스가 말한다. "〈해리 포터와 아즈카반의 죄수〉 끝 무렵에 제가 해리와 작별 인사를 하면서 두 가지 행동을 합니다. 호그와트 비밀 지도를 접고, 제 물건을 벽장에 넣죠. 그건 어떤 특수 효과가 아니라 실사 기술을 써서 카메라로 촬영한 거였어요." 호그와트 비밀 지도가 몇 개의 투명 끈으로 접히는 장면은 몇 번의 시도 만에 촬영이 끝났다. "그 멋진 아이디어는 디자인 팀의 창의성을 요약해서 보여준다고 생각합니다. 컴퓨터 효과에 의존하

지 않고 짧은 끈을 당겨서 지도가 접히는 여덟 단계를 만들어냈으니까요."

〈해리 포터〉 영화에 필요한 소품의 수는 어마어마하다. 그것은 영화가 여덟 편이나 되기 때문만은 아니다. 어떤 장소는 공간 전체를 소품으로 채워야 했다! 다이애건 앨리의 상점들 창문에는 2만 5000개의 상품이 있고, 호그스미드 상점들의 소품 수도 비슷했다. 위즐리 형제의 신기한 장난감 가게에는 4만 개의 물품이 놓였고, 수제작한 책 1만 2000권이 교실과 교수실과 도서관을 채웠다. 하지만 숫자와 상관없이 〈해리 포터〉 세계의 마법 도구들은 우리에게 정보와 즐거움을 준다. 우리는 소망의 거울의 아른아른한 모습에 매혹되고, 거대한 체스 판 위에서 폭발해가는 말들로 체스를 두고 싶어진다. 또 대화 내용의 흥미도에 따라 빠르거나 느려지는 모래시계가 호크룩스 이야기를 할 때면 엄청나게 느릿느릿 떨어진다는 사실을 깨닫는다.

이 책에서 우리는 이런 마법 도구들의 설계, 스케치, 비주얼 개발 그림, 뒷이야기, 스크린 캡처를 비롯해 〈해리 포터〉 영화 속의 크고 작은 공간을 가득 채운 놀라운 예술가들의 이야기를 만나볼 것이다.

위, 왼쪽에서 오른쪽: 마법약 시험 답안지와 헤르미온느 그레인저가 제출한 룬 문자 숙제. 해리 포터의 빗자루 수리 장비 세트. 〈해리 포터와 비밀의 방〉에서 론 위즐리가 사용하는 마법 테이프 통. 〈해리 포터와 아즈카반의 죄수〉 중 해리 포터가 서명을 받지 못한 호그스미드 방문 허가서.
가운데: 〈해리 포터와 비밀의 방〉 중 헤르미온느의 거울.
옆쪽: 〈해리 포터와 마법사의 돌〉에서 기숙사 배정식을 할 때 앉는 의자 비주얼 개발 그림.

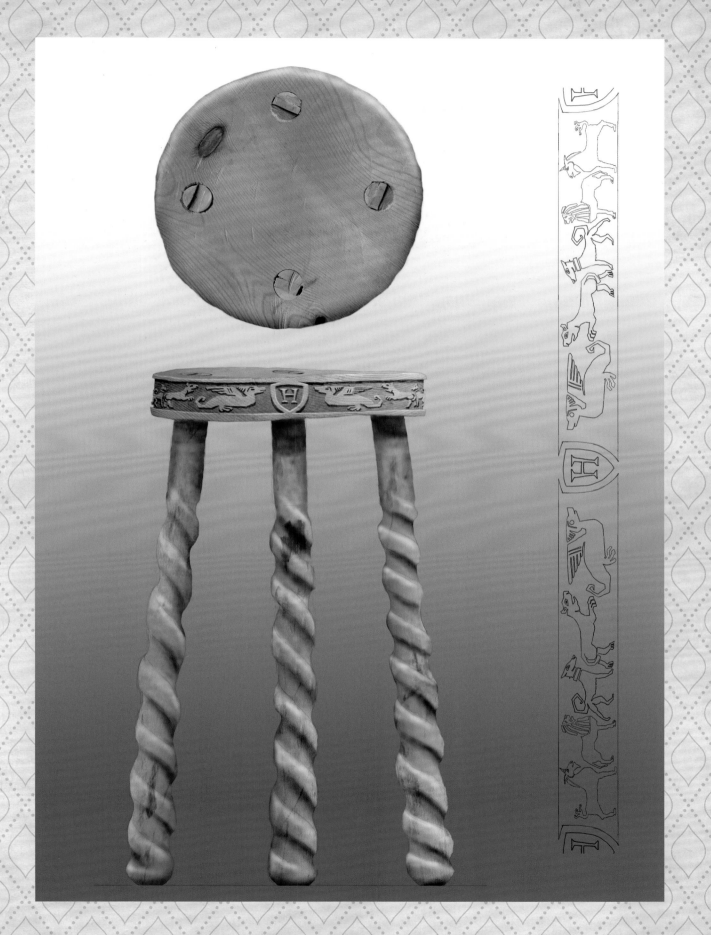

제 1 장

호그와트

"2호 크기 양은 냄비 하나씩은
필수이며 부엉이나 고양이, 두꺼비는
원한다면 가져와도 된다."

—해리 포터, 〈해리 포터와 마법사의 돌〉

호그와트
입학 허가서

"호그와트 마법학교에 입학이 허가되었음을 알려드립니다."

—미네르바 맥고나걸의 편지, 〈해리 포터와 마법사의 돌〉

호그와트 마법학교 입학 허가서를 받는 것은 신입생들에게 기쁜 일이다. 하지만 해리 포터는 입학 허가서를 한 통이 아니라 수만 통을 받은 후에야 겨우 그 내용을 읽을 수 있었다. 〈해리 포터와 마법사의 돌〉에서 해리의 이모부 버논 더즐리가 그것을 받지 못하게 하려고 수단과 방법을 가리지 않기 때문이다. 크리스 콜럼버스 감독은 더즐리가의 거실을 수만 통의 편지로 채우는 장면을 디지털로 만들어야겠다고 생각했다. 하지만 〈해리 포터〉 영화 시리즈의 시각 효과 책임자 존 리처드슨은 그것을 기계적 효과로 만들 수 있다고 말했다. "콜럼버스 감독이 제정신이냐는 표정으로 저를 보았죠. 하지만 저는 할 수 있다고 말했어요. 편지를 거실 안과 굴뚝 아래로 쏘아 보내는 장치를 개발할 거라고요." 콜럼버스 감독은 의심을 품고 먼저 테스트를 해보자고 제안했다. "그래서 우리는 빠르지만 조절 가능한 속도로 편지 봉투를 던져 넣는 기계를 만들어서 세트 위쪽에 설치했어요. 공기 장치로 편지를 굴뚝 아래로 쏘아 보내는 기계도 만들었죠." 리처드슨의 팀이 어느 날 그것을 설치하고 감독에게 시연해 보이자 감독은 "세상에, 그게 되네요! 훌륭해요!"라고 감탄했다.

편지 봉투들은 각기 다른 용도로 나뉘어 몇 종류가 제작됐다. 거실을 날아다닐 만큼 가벼워야 했던 봉투들은 종이 1만 장에 편지 봉투 모양을 인쇄해 제작했다. 뒷면의 호그와트 봉인도 대부분 인쇄였지만, 진짜 밀랍 봉인을 찍은 편지도 몇 통 제작해 클로즈업 장면에 사용했다. 미네르바 맥고나걸 교수가 보낸 편지 글은 〈해리 포터〉 영화의 많은 서류를 직접 쓴 그래픽 아티스트 미라포라 미나의 손 글씨였다. 프리벳가 4번지로 허가서를 가지고 온 부엉이는 어떻게 보면 진짜로 편지를 "배달"했다. 부엉이가 몸에 개폐 장치와 투명한 줄이 달린 플라스틱 도구를 장착하면, 조련사가 그 줄을 잡고 있다가 때맞추어 개폐 장치를 열어 부엉이의 편지를 "떨어뜨"렸다.

MR H POTTER
The Cupboard under the Stairs,
4 Privet Drive,
Little Whinging
SURREY.

14쪽: 〈해리 포터와 비밀의 방〉에서 해리 포터가 처음으로 알버스 덤블도어의 방을 찾아간 장면. 벽에 많은 그림이 걸려 있다. 콘셉트 아티스트 앤드루 윌리엄슨의 작품.
오른쪽 아래, 옆쪽: 해리 포터의 필수 학용품 목록과 호그와트 입학 허가서. 그래픽 팀이 제작한 수많은 서류 중 첫 번째로 만들어진 것이다.
오른쪽 위: 〈해리 포터와 마법사의 돌〉 중 더즐리가에서 부엉이가 배달하는 편지의 회오리에 휩싸인 해리(대니얼 래드클리프)의 모습. 이모부 버논(리처드 그리피츠)과 사촌 두들리(해리 멜링)는 편지들을 쳐내려 한다.
왼쪽: 종이 한 장에 인쇄한 편지 봉투 클로즈업.

To: Mr Harry Potter
      The Cupboard Under the Stairs,
      4 Privet Drive,
      Little Whinging,
      SURREY.

Dear .....Mr.....Potter.,

   We are pleased to inform you that you have been accepted at
Hogwarts School of Witchcraft and Wizardry.

Students shall be required to report to the Chamber of Reception upon
arrival, the dates for which shall be duly advised.

Please ensure that the utmost attention be made to the list of
requirements attached herewith.

We very much look forward to receiving you as part of the new
generation of Hogwarts' heritage.

Yours sincerely,

Prof. McGonagall

Professor McGonagall

HOGWARTS SCHOOL of WITCHCRAFT & WIZARDRY
Headmaster: Albus Dumbledore, D.Wiz., X.J.(sorc.), S.of Mag.Q.

질데로이 록허트의 시험지

"이게 뭐야? 문제가 다 자기에 대해 묻는 거잖아."

―론 위즐리, 〈해리 포터와 비밀의 방〉 중 삭제된 장면

〈해리 포터와 비밀의 방〉에서 삭제된 장면 중 하나에서는 어둠의 마법 방어술 교수로 새로 부임한 질데로이 록허트가 시험을 본다. 그리고 시험의 주제는…… 록허트 자신이다! 미라포라 미나와 에두아르도 리마의 그래픽 팀이 손수 제작한 이 시험지는 헤르미온느 그레인저의 놀라운 마법 지식과 해리 포터와 론 위즐리의 독서에 대한 무관심을 다시 한 번 보여준다.

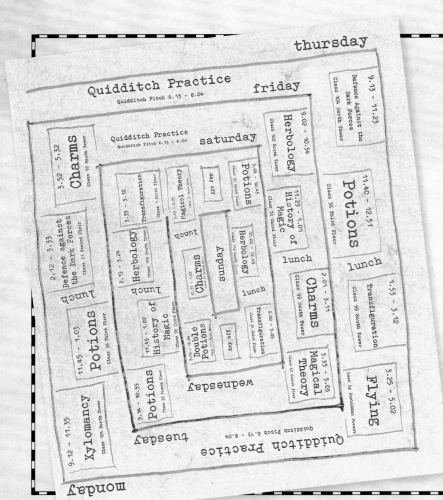

헤르미온느 그레인저의 수업 시간표

"너 몇 과목 듣냐?"

―론 위즐리, 〈해리 포터와 아즈카반의 죄수〉

주인공 소품 중에는 관객에게 또렷이 보이지 않는 것들도 있지만, 소품 팀은 이런 물품도 정성을 기울여 만들었다. 〈해리 포터와 아즈카반의 죄수〉에서 헤르미온느 그레인저가 '시간을 돌리는 시계'를 사용해서 완성한 수업 시간표가 그 한 예다.

LOST.

✦ 1 earring (with Beetlewings).
✦ Pair of stripey socks.
✦ School Cloak — Black.
✦ Purple Quill (woodpecker, with special markings)
✦ Pair of school Shoes
✦ 'Bubble Bow Booster' kit (still in wrapper)
✦ Book : 'Fantastic Beasts and where to find Them'
✦ another Book : 'Easy Spells to fool Muggles'
✦ Bottle of sum-solving ink, Turquoise

PLEASE RETURN to LUNA LOVEGOOD.
By the end of term
Thankyou.

루나 러브굿의 분실물 목록

"정말 안 도와줘도 돼?"
**"……잃어버린 물건은 결국
그 주인한테 돌아온대."**
—해리 포터와 루나 러브굿, 〈해리 포터와 불사조 기사단〉

〈해리 포터와 불사조 기사단〉에서 루나가 만든 분실물 목록에는 책, 깃펜, 의류 등이 적혀 있다. 이 역시 그래픽 팀에서 만들었는데, 그래픽 팀은 각 캐릭터에 맞는 개성적인 글씨체를 만들어 소품을 꾸몄다.

Dear Harry,

Thinking sweet thoughts
of you

Happy Valentine's Day

Romilda

밸런타인데이 카드

"그래, 사랑한다고 쳐! 만나보긴 했어?"
—해리 포터, 〈해리 포터와 혼혈 왕자〉

〈해리 포터와 혼혈 왕자〉에서는 로밀다 베인이 해리 포터에게 밸런타인데이 카드와 사랑의 묘약을 담은 초콜릿을 주는데, 론 위즐리가 그것을 가로챈다.

옆쪽 위: 〈해리 포터와 비밀의 방〉 중 삭제된 장면에서 질데로이 록허트 교수는 자기 자신에 대해 묻는 시험을 본다. 헤르미온느 그레인저의 답안지에는 모두 정답이 적혀 있다.
옆쪽 아래: 〈해리 포터와 아즈카반의 죄수〉에서 헤르미온느 그레인저가 시간을 돌리는 시계를 이용해서 완성한 수업 시간표. 그래픽 디자이너 루스 위너 작품.
위, 가운데, 왼쪽: 그래픽 팀에서는 루나 러브굿과 로밀다 베인 등 호그와트 학생 여러 명의 글씨체를 만들었다.

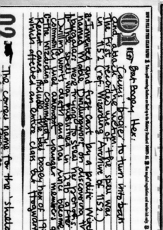

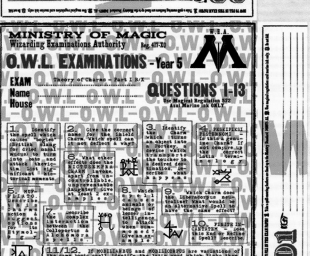

MINISTRY OF MAGIC
Wizarding Examinations Authority
W.E.A.
O.W.L. EXAMINATIONS - Year 5
EXAM
Name
House
QUESTIONS 1-13

CONTINUATION SHEET

ADDENDUM

O.W.L.
학습 참고서

**"표준 마법사 수준 시험. 약자로 하면 O.W.L.
'OWL'이라고 더 잘 알려져 있죠."**

—돌로레스 엄브릿지, 〈해리 포터와 불사조 기사단〉

그래픽 팀과 소품 팀은 시리즈 내내 캐릭터의 성격을 드러내서 이야기를 더욱 재미있게 해줄 소품들로 세트를 장식했다. 미나와 리마는 그리핀도르 휴게실에 학교생활에 흔히 쓰이는 물건들을 가득 배치했는데, 〈해리 포터와 불사조 기사단〉에 나오는 O.W.L. 시험 학습 참고서도 그중 하나다.

덤블도어의
군대 명단

이 양피지에는 덤블도어의 군대 대원 명단이 적혀 있다. 이들은 〈해리 포터와 불사조 기사단〉 중 호그스미드에서 처음 모인다. 이 명단은 해리 포터가 어둠의 세력에 맞서 싸우는 일의 지도자적 역할을 받아들이는 중대한 순간을 상징한다. 명단의 서명은 대부분 배우들이 직접 작성했다.

DUMBLEDORE'S ARMY.

Hermione Granger
Ron Weasley
Harry Potter
George Weasley
Ginny Weasley
Luna Lovegood
Neville Longbottom
Padma Patil
Parvati Patil
Cho Chang
Zacharias Smith
Seamus Finnigan
Marietta Edgecombe
Katie Bell
Hannah Abbott
Susan Bones
Ernie Macmillan

Dean Thomas
Michael Corner
Dennis Creevey
Terry Boot
Alicia Spinnet
Lee Jordan
Nigel Wolpert
Justin Finch-Fletchley

위, 옆쪽: 표준 마법사 시험은 5학년 때 치러진다. 〈해리 포터와 불사조 기사단〉의 그리핀도르 휴게실에 마법사관 학습 참고서가 놓여 있다.
오른쪽: 덤블도어의 군대 대원들의 서명. 그들은 〈해리 포터와 불사조 기사단〉에서 엄브릿지 교수가 어둠의 마법 방어술을 가르쳐주지 않자 스스로 배울 방법을 찾는다.

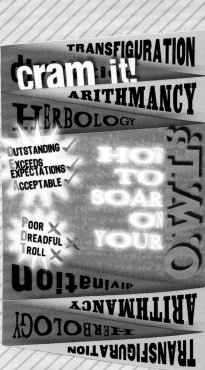

크리스마스 무도회 프로그램

"이브 날, 주최 측과 손님들이 연회장에서 품위 있게 파티를 즐기는 거죠."

—미네르바 맥고나걸, 〈해리 포터와 불의 잔〉

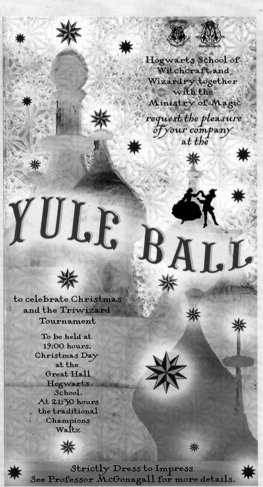

학교에서 벌어지는 중요한 행사의 기념품은 많은 사람에 의해 종종 간직되곤 한다. 그렇기 때문에 미나와 리마는 크리스마스 무도회에서 벌어질 이벤트 순서와 시간을 알리는 프로그램을 만들었다. 지팡이가 처음 휘둘러지면 학생들이 파트너와 함께 댄스 플로어에 나가는데, 이때 사전에 나누어준 댄스 교습 카드가 도움이 된다. 두 번째 지팡이 동작에 음료가 나오고, 세 번째 동작에는 파티 음식이 나온다. 머글 댄스파티와 비슷하게 네 번째 동작에 그날의 남녀 마법사가 발표되고, 다섯 번째 동작에는 지팡이 기술 퍼레이드가 이어진다. 그리고 마지막 동작과 함께 마지막 댄스가 이어지고 "오늘 모신 특별한 손님들에게 작별 인사"를 하며 마무리된다.

위, 옆쪽: 미라포라 미나와 에두아도 리마가 〈해리 포터와 불의 잔〉을 위해 만든 크리스마스 무도회 프로그램은 섬세한 컷아웃 글씨와 튀어나오는 눈송이로 장식되어 있다. 건축물 같은 외곽선은 무도회 때 연회장을 장식한 정교한 얼음 조각품들과 연결된다.

왼쪽: 맨 아래쪽에 "반드시 멋지게 입고 올 것"을 명시한 크리스마스 무도회 포스터. 다행스럽게도 마법사 왈츠 때는 댄스 안내지가 배포되었다.

우산

 그와트는 춥고 비가 자주 오는 지역에 위치했기 때문에, 소품 팀은 몇몇 등장인물이 쓸 우산을 직접 만들었다.

왼쪽 위: 고양이 모양 손잡이가 달린 맥고나걸 교수의 우산. 맥고나걸 교수의 애니마구스를 반영했다.

왼쪽 아래: 기숙사 이름에 들어가는 갈까마귀가 손잡이에 새겨진, 래번클로(갈까마귀의 발톱) 기숙사용이 분명한 우산 2개의 비주얼 개발 그림(더멋 파워).

오른쪽 위: 〈해리 포터와 혼혈 왕자〉에서 펜시브를 통해 덤블도어가 톰 리들과 처음 만나는 모습을 보는 장면에서 등장하는 우산. 스케치를 담당한 콘셉트 아티스트 롭 블리스는 이 우산에 "덤브렐라"라는 이름을 붙였다. 덤블도어의 화려한 자주색 페이즐리 무늬 정장과 잘 어울린다.

지팡이

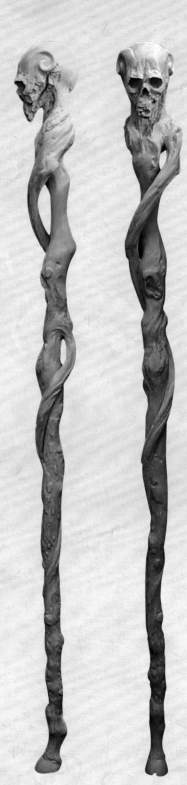

위, 왼쪽: 해리 포터와 앨러스터 '매드아이' 무디(브렌던 글리슨) 교수가 〈해리 포터와 불의 잔〉에서 마지막 과제를 기다리고 있다. 무디의 지팡이는 그의 마법 지팡이와 비슷한 느낌이다. 처음에는 해골 모양으로 구상했지만 결국 숫양 머리와 비슷하게 제작된 지팡이 윗부분이 지팡이 끝의 발굽 모양과 잘 어울린다.

가운데 아래: 〈해리 포터와 아즈카반의 죄수〉에서 호그와트의 어둠의 마법 방어술 교수로 부임하는 리무스 루핀의 지팡이. 루핀은 늑대인간으로 사는 일이 만성 질병을 앓는 일과 비슷하다는 상징으로 지팡이를 사용한다. 위쪽에는 점성술 기호가 새겨졌고, 손잡이는 늑대 발톱과 비슷한 형태.

오른쪽 아래: 루시우스 말포이의 지팡이는 손잡이 부분에 마법 지팡이를 넣을 수 있다. 이런 구조는 말포이 역의 배우 제이슨 아이작스가 직접 고안했다. 녹색 눈을 한 뱀 모양 손잡이는 그의 출신 기숙사 슬리데린을 나타낸다. 루시우스가 아들 드레이코를 때리는 장면을 찍을 때 배우들이 부상당하지 않도록 뱀의 이빨을 떼어낼 수 있게 만들어졌다.

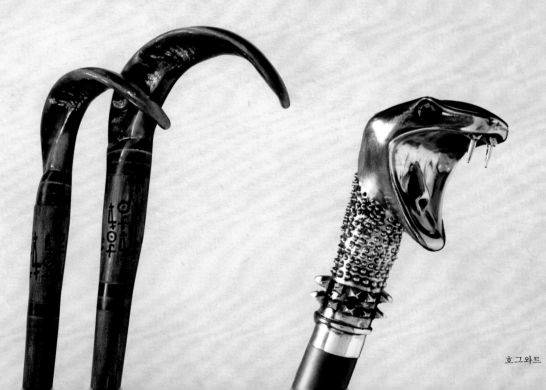

트렁크

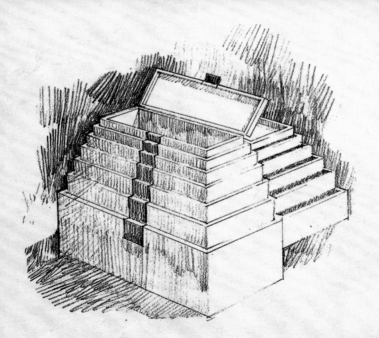

학생들이 학교 용품을 트렁크에 가득 담아서 호그와트에 오듯 교수들도 저마다의 트렁크를 가지고 온다.

왼쪽 위: 경제적으로 어려운 리무스 루핀 교수는 옷차림이 낡고 초라하듯 트렁크도 외양이 비슷하다. 그의 트렁크는 단순하고 우중충하며 낡았다. 루핀이 학년 말에 해리에게 학교를 떠난다고 말하면서 트렁크에 짐을 싸는 장면에서는 특수 효과가 사용됐다.

왼쪽 가운데, 아래: 〈해리 포터와 불의 잔〉에서 바르테미우스 크라우치 2세가 진짜 앨러스터 '매드 아이' 무디를 가둔 마법의 7층 트렁크는 특수 효과 팀에서 만든 실제 소품이다. 트렁크의 각 층이 기계적으로 열리면 그 안의 더 작은 층이 드러나는 모습을 보여주는 스튜어트 크레이그의 스케치(아래)와 롭 블리스의 비주얼 개발 그림(가운데).

오른쪽 위, 옆쪽: 〈해리 포터와 혼혈 왕자〉에서 마법약 교수로 호그와트에 재부임한 호레이스 슬러그혼 교수가 가져온 트렁크. 세월의 흔적이 가득하지만, 자주색과 금색이 배합된 디자인은 그가 패션에 민감한 사람임을 보여준다. 트렁크 한쪽이 마법약과 재료로 채워져 있다. 그래픽 아티스트 에두아르도 리마는 그것들이 "수십 년 동안 사용된 물건들"이라고 설명한다.

세베루스 스네이프와 호레이스 슬러그혼의 마법약 병

"그런데 조제법이 너무 복잡해."

—헤르미온느 그레인저, 〈해리 포터와 비밀의 방〉

꽃박하 원액, 오그라든 무화과, 페퍼럽 엘릭시르 등 〈해리 포터〉 영화에 나오는 마법약과 그 재료들은 몇 센티미터짜리 작은 병에 든 것부터 몇 십 센티미터 하는 큰 단지에 든 것까지 천차만별이다. 소품 팀은 〈해리 포터와 마법사의 돌〉 당시 세베루스 스네이프 교수의 교실에 놓을 마법약 병 500개를 만들어서 그 안에 말린 약초, 식물, 정육점에서 가져온 구운 동물 뼈, 런던 동물원 기념품점에서 사 온 플라스틱 동물 장난감 등을 넣었다. 그런 뒤 그래픽 디자인 팀이 라벨을 만들어 붙였는데, 일련번호와 재료 목록을 하나하나 손으로 쓰고 물약 얼룩 같은 효과도 그려 넣었다. 〈해리 포터와 비밀의 방〉에서 스네이프가 개인 연구실을 얻자 마법약은 더 늘어났고, 〈해리 포터와 불의 잔〉에서는 약초가 빼곡히 들어찬 스네이프의 창고까지 나온다. 〈해리 포터와 혼혈 왕자〉에서 마법약 교수로 부임한 슬러그혼 교수가 더 넓은 곳으로 교실을 옮기자 마법약 병은 1000개를 넘어갔다. 작은 약병들은 소품 팀의 피에르 보해나가 만들었는데, 보해나는 시험관들을 구해다가 다양한 뚜껑과 바닥을 디자인해서 흥미로운 모양을 만들었다. 펠릭스 펠리시스 마법약을 위해 특별히 디자인한 병 하나는 작은 솥 모양과 정교한 마개를 자랑한다. 그런데 캐릭터들이 마법약을 먹는 영화 장면에서 실제로 먹은 것은 무엇이었을까? 바로 수프다! 특히 당근 맛과 고수 맛이 인기였다.

왼쪽 아래와 오른쪽 위: 〈해리 포터〉 영화 시리즈에 나온 수백 개의 마법약은 소품 팀과 그래픽 팀이 협력해서 만든 뒤 하나하나 라벨을 붙이고, 그 안에 액체, 식물, 플라스틱 장난감 등을 넣었다.

양쪽: 대부분의 마법약은 세베루스 스네이프를 비롯한 다른 마법약 교수들이 호그와트에 모아놓은 것이지만, 호레이스 슬러그혼의 마법약은 그가 개인적으로 가져온 것이라서 구별되는 라벨을 붙였다. 그래픽 아티스트들은 그를 위한 특별한 글씨체와 라벨 스타일을 만들었다.

알버스 덤블도어의 펜시브와 기억 캐비닛

"펜시브란 거다. 머리가 복잡할 때 지난 일을 다시 보며 생각을 정리하는 데 도움을 주지."

—알버스 덤블도어, 〈해리 포터와 불의 잔〉

펜시브는 마법사의 머리에서 빼낸 기억을 볼 수 있게 해주는 장치다. 〈해리 포터와 불의 잔〉에서 우연히 그 안으로 '추락'한 해리 포터는 덤블도어의 기억 속으로 들어가고, 거기서 죽음을 먹는 자 재판을 받는 카르카로프와 바티 크라우치 2세를 본다. 실제 '파동' 뿐 아니라 은색 액체 끈도 있고, 해리의 얼굴을 비추기도 하다가 모든 것을 한데 녹여 기억을 형성하는 얕은 펜시브의 복잡한 액체 표면은 디지털 아티스트들이 만들었다.

〈해리 포터와 혼혈 왕자〉에서는 펜시브가 테이블에 박혀 있지 않고 컴퓨터 작업으로 공중에 살짝 떠 있게 했다. 기억이 그 안으로 쏟아지면 새까만 끈이 되어 아래로 빨려 내려가고, 해리의 얼굴이 액체 안으로 들어가면 소용돌이무늬가 기억을 만든다. 펜시브는 해리가 호레이스 슬러그혼과 톰 리들의 호크룩스 관련 대화를 들을 때도, 또 〈해리 포터와 죽음의 성물 2부〉에서 세베루스 스네이프와 어머니의 관계를 알게 되고 나아가 볼드모트를 물리쳐야 하는 자신의 운명을 깨닫게 될 때에도 결정적인 역할을 한다.

펜시브에 사용된 기억들은 피에르 보해나가 마법약 병과 똑같은 방식으로 만든 작은 병들에 들어 있다. 라벨은 미라포라 미나가 디자인했고, 거기 적힌 내용은 소품 팀원들이 하나하나 직접 써서 손으로 병에 붙였다. 고딕 양식의 기억 캐비닛 안에는 800~900개의 조그마한 병이 조심스레 놓였다. 기억들에 쏟아지는 독립 조명은 캐비닛 안에 장치되었다. 원통형 캐비닛 모양은 덤블도어 방의 원형 구조와 잘 어울린다.

옆쪽: 〈해리 포터와 혼혈 왕자〉에서 펜시브에 얼굴을 담근 해리가, 덤블도어와 톰 리들이 처음 만났을 때의 기억을 보고 있다. 롭 블리스 그림.
위쪽: 마이클 갬번(덤블도어, 왼쪽)과 대니얼 래드클리프(해리 포터)가 옆쪽의 장면을 촬영하고 있다. 펜시브 실물 소품에는 VFX(시각 특수 효과) 참고점이 표시되어 있다. 이 점들은 시각 효과 팀이 포스트 프로덕션 과정에서 펜시브를 만들 때 사용된다.
가운데 아래: 톰 리들의 기억을 담은 병.

Sc.249 Int.Shrieking Shack

A — C.U. SNAPE - SILVERY BLUE LIQUID SEEPS FROM HIS EYES ..

CUT

B — WIDER - HERMIONE CONJURES FLASK & GIVES IT TO HARRY ..

CUT

C — EX.C.U. THE TEARS FLOW INTO THE FLASK.

CUT

D — LOW ANGLE - HERMIONE & HARRY LOOK DOWN TO CAM. — RON APPEARS IN B.G.. 'HE'S GONE.'

 CUT

옆쪽: 〈해리 포터와 혼혈 왕자〉에서 덤블도어의 방에 있는 기억 캐비닛. 문과 벽면을 떼어낼 수 있게 만들어서, 먼저 기억의 병들을 선반에 올려놓고 소품 팀이 모든 방향에서 작업을 한 뒤에 문과 벽면을 다시 달았다.

위: 선반에는 손으로 하나하나 쓴 기억 병들이 층층이 놓였다.

왼쪽: 〈해리 포터와 죽음의 성물 2부〉 스토리보드. 해리 포터가 세베루스 스네이프의 기억이 담긴 눈물을 펜시브에서 보기 위해 병에 담고 있다. 이 장면은 원래 비명을 지르는 오두막에서 촬영될 예정이었다.

오른쪽 아래: 해리 포터가 〈해리 포터와 죽음의 성물 2부〉에서 스네이프 교수의 기억을 보려고 하고 있다.

리무스 루핀의
전축과 음반

"리디큘러스!"

—리무스 루핀, 〈해리 포터와 아즈카반의 죄수〉

〈해리 포터와 아즈카반의 죄수〉에서 루핀 교수는 보가트를 몰아내는 단순한 주문을 가르칠 때 전축으로 활기찬 재즈를 틀어놓는다. 그가 어둠의 마법 방어술 교수 중 가장 활기차고 사랑받는 인물이라는 점을 보여주기 위해서였다. 실제로 작동하는 이 전축은 C. 길버트사에서 1920년대에 염가 라인 '게이샤' 브랜드로 생산한 제품으로, 나무 상자에 나팔꽃 모양의 소리관이 달려 있다. 루핀이 튼 노래의 제목은 〈위치타 바나나〉였다.

맥고나걸 교수도 〈해리 포터와 불의 잔〉에서 크리스마스 무도회를 앞두고 댄스 교습을 할 때 전축을 사용한다. 백조처럼 생긴 거대한 소리관은 소품 팀이 만들었지만, 이번에도 상자 안의 장치는 진짜로 작동했다. 이때 나오는 음악은 스펠로포닉스 레코드사의 〈마법사의 왈츠〉다.

호레이스 슬러그혼의 모래시계

**"매혹적인 물건이지. 대화 수준에
맞춰 모래가 떨어지는데 수준이 높으면
천천히 떨어지고……."**

—호레이스 슬러그혼, 〈해리 포터와 혼혈 왕자〉

해리 포터가 〈해리 포터와 혼혈 왕자〉에서 톰 리들에 대한 기억을 보여줄 것을 설득하기 위해 슬러그혼 교수의 방을 찾아간 장면에 보이는 모래시계는, 책에는 나오지 않는 영화용 창작 소품이다. 부분적으로 녹색을 띠는 모래시계 양쪽 끝에서 은색 머리의 3마리 뱀이 만나는데, 이는 슬러그혼의 출신 기숙사인 슬리데린을 상징한다.

옆쪽 왼쪽 위: 스펠로포닉스 레코드사의 인기 음반 시리즈.
옆쪽 오른쪽 위: 〈해리 포터와 아즈카반의 죄수〉에 나오는 루핀 교수의 전축.
옆쪽 왼쪽 아래, 오른쪽: 〈해리 포터와 불의 잔〉의 댄스 교습에 쓴 전축이 〈해리 포터와 혼혈 왕자〉와 〈해리 포터와 죽음의 성물 2부〉에 나오는 필요의 방의 수많은 물건들 틈에 자리하고 있다.
왼쪽: 속이 빈 슬러그혼의 모래시계. 슬리데린 기숙사의 색깔인 검은색과 녹색을 띠고 있다. 뻗어 나온 뱀들의 혀가 서로 연결되어 유리를 지탱한다.
아래: 미라포라 미나의 모래시계 비주얼 개발 그림.
바탕: 모래시계 상세 설계도. 어맨다 레것 작품.

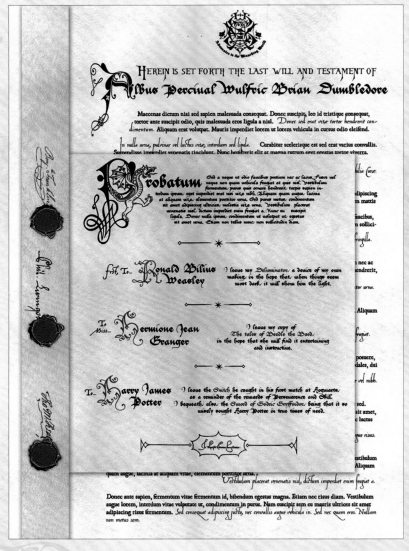

알버스 덤블도어의 유언장

> "나, 알버스 퍼시발 울프릭 브라이언
> 덤블도어는 다음과 같이 유언한다."
>
> ─루퍼스 스크림저, 〈해리 포터와 죽음의 성물 1부〉

미라포라 미나가 디자인에 즐겨 사용한 핵심 주제 가운데 하나는 무언가를 발견하는 느낌이었다. 마법부 장관 루퍼스 스크림저가 해리 포터, 론 위즐리, 헤르미온느 그레인저에게 읽어준 알버스 덤블도어의 두 장짜리 유언장은 이런 목표를 충족시킨다. 미나가 말한다. "유언장을 두 장으로 만든 것은 덤블도어가 마지막 순간에 이들 3명을 위해 무언가를 추가했을 거라고 생각했기 때문이에요." 그래픽 팀은 종이를 얼룩지고 낡게 만든 뒤 밀랍 봉인을 찍었는데, 그 부분이 가장 어려웠다. 미나는 말한다. "어떤 종이들은 밀랍이 배어나오거나 기름 자국이 남았어요. 이 종이는 그런 일은 없었는데 밀랍이 자꾸 떨어졌죠." 그러다가 마침내 미나가 영국은행에서 사용하는 밀랍으로 바꾸자 봉인이 떨어지지 않았다.

위: 〈해리 포터와 죽음의 성물 1부〉에서 마법부 장관 루퍼스 스크림저(빌 나이)가 헤르미온느 그레인저(에마 왓슨), 론 위즐리, 해리 포터에게 덤블도어의 유서를 읽어주고 있다.

오른쪽: 덤블도어의 유서. 〈해리 포터〉 시리즈의 종이 소품은 영화 촬영을 위해 두 벌씩 만들었기 때문에, 글씨체는 양쪽이 똑같도록 디지털로 제작되었다.

시간을 돌리는 시계

"어떻게 2개를 같이 들어?"

—헤르미온느 그레인저, 〈해리 포터와 아즈카반의 죄수〉

그래픽 아티스트 미라포라 미나는 헤르미온느 그레인저가 〈해리 포터와 아즈카반의 죄수〉에서 엄청나게 많은 수업을 듣기 위해 시간을 돌리는 시계를 사용한다는 사실을 알았을 때, 그 장치가 별로 눈에 띄지 않으면서도 그 안에서 무언가가 움직였으면 좋겠다고 생각했다. 그리고 아이디어를 얻기 위해 시계뿐 아니라 천문 관측 도구들도 살펴보았다. "'아스트롤라베'라는 장치를 보았는데, 평면 구조라는 게 마음에 들었어요. 그 점이 독특하게 느껴졌죠." 헤르미온느는 시간을 돌리는 시계를 계속 걸고 다니지만, 해리에게 보여주기 전에는 눈에 두드러지지 않는다. "하지만 헤르미온느가 사용하면서 그것이 입체적으로 살아납니다. 실제로 그건 고리 안에 고리가 있어서 일부가 회전하거든요." 미나는 시간을 돌리는 시계의 사슬을 만들 방법도 고

안해야 했다. "대본에는 헤르미온느가 사슬을 늘려서 자신과 해리를 함께 감싸는 장면이 나와요. 그래서 사슬이 늘어나게 하는 장치를 넣어서 두 사람을 감쌀 수 있게 했어요. 하지만 평소에는 목에 그렇게 길게 늘어뜨리지 않죠." 이 금색 장신구의 마지막 장식으로 미나는 시간에 대한 글귀를 새겼다. 바깥쪽 고리에는 "나는 만물의 모든 시간을 기록하지만, 태양을 넘어서지는 못했으니"라고, 안쪽 고리에는 "나의 쓰임과 가치는 당신이 하는 일에 달려 있다"라고 새겨져 있다.

아래: 더멋 파워는 〈해리 포터와 아즈카반의 죄수〉 때 시간을 돌리는 시계를 다양한 형태로 탐구했다. 모래시계 모양의 '도는 장치'가 탁상시계, 병, 펜던트 등에 들어 있다.
위: 시간을 돌리는 시계의 최종 디자인. 디자이너 미라포라 미나 작품.

호그와트 비밀 지도

"무니와 웜테일, 패드풋과 프롱스가 제작한 비밀 지도."
—제임스 포터, 시리우스 블랙, 리무스 루핀, 피터 페티그루, 〈해리 포터와 아즈카반의 죄수〉

해리 포터는 시리즈 전편에 걸쳐 볼드모트를 물리치는 데 필요한 여러 도구를 얻는데, 그중 하나가 호그와트 비밀 지도다. 지도는 〈해리 포터와 아즈카반의 죄수〉에서 일어나는 여러 가지 결정적 사건의 촉매 역할을 한다. 이 지도를 얻은 해리는 호그스미드에 가고, 거기서 시리우스 블랙에 대한 놀라운 이야기를 듣는다. 그런 뒤 지도를 통해 호그와트에 피터 페티그루가 있다는 사실을 알아내 리무스 루핀에게 그 사실을 알려 생존한 옛 친구들이 다시 만나는데, 그 자리에서 해리의 부모님의 죽음과 관련된 새로운 진실이 드러난다.

〈해리 포터와 아즈카반의 죄수〉에서 위즐리 쌍둥이가 해리 포터에게 준 호그와트 비밀 지도를 만들 때, 미라포라 미나는 그 지도를 만든 학생들을 염두에 두어야 한다고 생각했다. "영리한 네 학생이 만든 지도예요. 그 학생들은 똑똑하고 자신들이 무얼 만드는지 알았죠. 우리는 가장자리가 불타고 말려 올라간 보물섬 지도 같은 것은 만들고 싶지 않았어요." 미나와 에두아르도 리마는 층이 있는 구조로 접히는 지도를 만들기로 결정했다. "호그와트는 끝없이 이어지는 느낌을 주는 학교예요. 학교에 대한 설명에서 제가 느낀 점은 끝이 없다는 거였어요. 우리는 지도가 삼차원 형태를 갖추어서 펼칠 때마다 다른 층으로 내려갈 수 있고, 아직 발견하지 못한 층이 남아 있다는 느낌을

주어야 한다고 생각했어요." 미나는 또 〈해리 포터와 마법사의 돌〉의 움직이는 계단도 참고해서 접히는 지도가 삼차원 계단 같은 느낌이 들도록 했다. 그리고 프로덕션 디자이너 스튜어트 크레이그도 "학교 건축물과 그 근처의 모든 것이 서로 연관되게 만들고" 싶어 했다. 그래서 미나는 먼저 세트의 건축 드로잉들을 가져다가 베꼈다. "호그와트 비밀 지도에 학교 구조를 올바르게 담기" 위함이었다. "복잡한 층층 구조를 보여주려고 했지만, 그렇게 노력과 연구를 했는데도 여전히 실수가 있었어요. 지도에는 오랫동안 필요의 방이 드러나 있었는데, 어느 날 누가 지적할 때까지 아무도 알아차리지 못했죠!" 그들은 얼른 그 방을 (위치를 아는 사람이 아니면) 못 알아보게 바꾸었다. 대부분의 소품, 특히 주인공 소품은 여러 벌을 만들어야 했기 때문에 미나와 리마는 지도의 복잡한 구조를 쉽게 복사할 수 있게 만들었다. 지도는 〈해리 포터와 아즈카반의 죄수〉 중 한 장면에서 마법처럼 접혀야 했는데, 이는 실을 사용한 기계적 효과로 실행되었다. 디지털로 만든 것은 가까이 당겨 보았을 때

위: 리무스 루핀 교수는 〈해리 포터와 아즈카반의 죄수〉 끝부분에서 해리 포터에게 호그와트 비밀 지도를 돌려준다. 지도는 실을 사용하는 단순한 기계적 효과를 통해 접혔다.
옆쪽: 3층을 이루는 덤블도어의 원형 방이 보이는 호그와트 비밀 지도 첫 번째 완성형. 호그와트 비밀 지도는 호그와트 성과 마찬가지로 시리즈가 이어지는 동안 계속해서 발전했다.

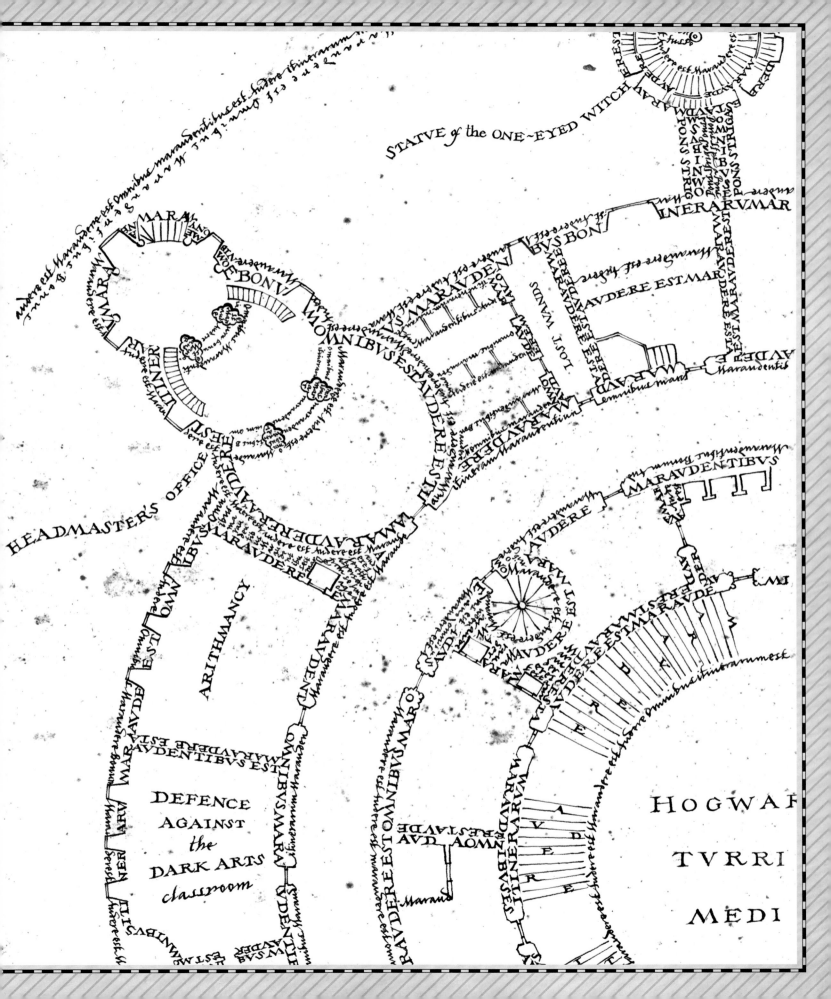

"난 못된 짓을 꾸미고 있음을 엄숙히 선언합니다."

—프레드와 조지 위즐리, 〈해리 포터와 아즈카반의 죄수〉

물결치며 나타나는 글씨들뿐이었다.

세 번째 영화에서 처음 선보였을 때 호그와트 비밀 지도는 당연히 완성된 형태가 아니었다. 리마는 "처음 구상할 때 다음 영화에서 지도가 어떻게 될지 몰랐기 때문에 다른 부분을 계속 추가할 수 있게 구성해야 했"다고 말한다. 지도는 〈해리 포터와 불사조 기사단〉에서 덤블도어의 방과 안뜰과 몇몇 복도가 층을 이루자 수정되었고 〈해리 포터와 혼혈 왕자〉, 〈해리 포터와 죽음의 성물 1부〉, 〈해리 포터와 죽음의 성물 2부〉에서도 다시 수정되었다.

지도의 놀라운 특징 하나는 오래돼서 갈변한 듯한 모습이다. 미나가 말한다. "인쇄를 해서는 오래된 느낌을 줄 수가 없어요. 때로는 책이 오래된 것처럼 보이게 하려고 종이에 색을 인쇄하기도 하지만, 대개는 종이 한 장 한 장을 따로 처리하죠." 거기에 리마가 웃으며 덧붙인다. "우리만의 비법이 있어요. 간단히 말하면 커피와 사포에 사랑을 더하죠." (비법에 사용되는 커피는 네스카페골드다.) 어떤 얼룩은 모양이 똑같도록 종이에 인쇄하지만, 종이 자체는 하나하나 커피를 탄 물에 "담갔다"가 말린 뒤에 조합했다. 미나와 리마는 미술 팀 복도에 이런 커피 얼룩 종이를 가득 널었다.

미나는 지도를 만들 방법을 연구하다가 또 한 가지 아이디어를 떠올렸다. 경계 표시를 선이 아닌 글씨로 하는 것이었다. 미나가 말한다. "그 글은 라틴어 문구예요. 비밀 지도를 만든 학생들이나 다른 비밀과 관련된 내용을 거기 적었죠." 디자이너들도 '대담한'과 '미덕'이라는 말이 들어가는 문장을 찾아서 라틴어로 바꾼 뒤, 그것으로 방과 탑의 경계를 표시했다. 지도에는 (지도를 만든 학생들이 아니라면 프레드와 조지가 썼을) "부엌으로 가는 비밀 통로", "근신 도피 통로" 같은 영어도 적혀 있다. 미나가 다시 말한다. "이것도 이 지도를 만든 사람이 장난기가 많았음을 반영한 요소예요. 하지만 그들은 지적 능력도 뛰어나서 교묘하고 시각적인 것을 만들고 싶어 했죠." 예를 들어 되받아치는 나무의 가지와 줄기는 '되받아치는 버드나무'(Whomping Willow)의 철자를 약간 바꾼 "womping willow"라는 글씨로 이루어져 있다. 이 글씨는 지도 제작 시간을 줄이기 위해 컴퓨터 폰트로 제작되었다. 룬 문자는 별 이유 없이 여기저기 쓰였는데 "대개 그저 흥미를 주기 위한 장치"였다고 미나는 말한다.

양쪽: 미라포라 미나와 에두아르도 리마가 제작한, 〈해리 포터와 불사조 기사단〉에 나오는 호그와트 비밀 지도의 새로운 층. 배우 대니얼 래드클리프(해리 포터)는 지도를 펼치거나 접을 때 내용 전개에 필요한 요소가 보이도록 연기했다.

톰 리들의 보물

"호그와트에선 도둑질은 용납 안 돼."

—알버스 덤블도어, 〈해리 포터와 혼혈 왕자〉

〈해리 포터와 혼혈 왕자〉에서 해리 포터는 알버스 덤블도어가 울스 고아원에 가서 톰 리들을 처음 만났을 때의 기억을 본다. 덤블도 어는 그곳에서 톰에게 다른 아이들의 물건을 훔치는 버릇이 있음을 알게 된 다. 톰의 양철통에는 골무, 하모니카, 요요 같은 물건들이 들어 있다. 그래픽 아티스트들은 〈해리 포터〉 시리즈 내내 책에 특별히 설명이 없는 물건의 브 랜드 이름에는 자료에서 나온 이름을 쓰기도 하고, 물품 종류에 따라 주변 사 람들 이름을 가져다 쓰기도 했다. '루카멜로디' 회사의 하모니카는 아마도 미 라포라 미나의 아들 루카의 이름을 딴 것으로 보인다. 하모니카의 생산지 '스 트로베리 힐'은 영국 초대 총리의 아들이자 강박적 수집가인 호러스 월폴이 한때 소유했던 영지의 이름으로, 영화 촬영소인 리브스덴 스튜디오에서 한 시간 거리에 있다.

사라지는 캐비닛

**"네가 설명한 걸로 미루어볼 때,
드레이코가 관심 가진 물건은 사라지는 캐비닛이야."**

—아서 위즐리, 〈해리 포터와 혼혈 왕자〉

〈해리 포터와 혼혈 왕자〉에서 드레이코 말포이는 죽음을 먹는 자들을 호그와트에 들이기 위해 사라지는 캐비닛을 필요의 방에 감춘다. 이 캐비닛 2개를 서로 다른 장소에 놓으면 그 사이에 통로가 생기기 때문에, 드레이코는 호그와트 침략에 앞서 캐비닛들이 제대로 작동하게 만들어야 했다. 데이비드 예이츠 감독은 캐비닛이 어둠의 마법의 물품이기 때문에 수수께끼 같으면서도 무시무시한 느낌을 내기를 원했다. 소품 미술 감독 해티 스토리가 말한다. "스튜어트 크레이그는 이런 느낌을 전달하려면 단순하고 강력한 실루엣이 좋다고 보았어요. 특히 세트 자체에 온갖 소품과 가구가 차고 넘치기 때문에 더욱요." 오벨리스크 모양의 육중한 캐비닛에는 오래된 검은 래커가 벗겨진 듯한 어두운 마감 효과가 입혀져 있다. 또한 이 캐비닛은 그린고트 금고와 비밀의 방의 자물쇠를 만든 특수 효과 기술자 마크 불리모어가 고안한 정교한 황동 자물쇠 장치를 장착했다.

옆쪽: 〈해리 포터와 혼혈 왕자〉에서 톰 리들은 다른 학생들에게서 훔친 자신의 '보물'을 청색과 은색의 금속 통에 보관한다. 통에는 남녀 마법사들이 맹금을 데리고 숲을 달려가는 모습이 새겨져 있다.
왼쪽: 〈해리 포터와 혼혈 왕자〉에서 사라지는 캐비닛이 필요의 방의 수많은 물품들 앞에 우람하게 서 있다. 앤드루 윌리엄슨의 콘셉트 아트.
아래: 윌리엄슨의 디지털 비주얼 개발 그림에서 드레이코 말포이가 캐비닛 앞에 서 있는 모습. 캐비닛은 거대한 방 안에서 크게 두드러지지 않는다.
바탕: 해티 스토리의 캐비닛 스케치 작업.

퀴디치

"퀴디치는 끝내줘. 최고라고!"
—론 위즐리, 〈해리 포터와 마법사의 돌〉

마법사 세계의 인기 스포츠인 퀴디치는 〈해리 포터〉 스토리에서 중요한 역할을 한다. 퀴디치 경기에서 이기려면 3개의 골대 중 한 곳에 퀘이플을 넣어서 점수를 최대한 높이 올리거나 골든 스니치를 잡아야 한다. 퀴디치 팀은 퀘이플로 점수를 올리는 추격꾼 3명, 상대 팀에게 블러저 공을 치거나 상대 팀의 블러저를 막아내는 몰이꾼 2명, 골대를 지키는 파수꾼과 골든 스니치를 잡는 수색꾼 각 1명의 총 7명으로 구성된다. 해리의 빗자루 비행 재능은 〈해리 포터와 마법사의 돌〉에서 드레이코 말포이가 던진 리멤브럴을 공중에서 잡아챌 때 처음 드러나는데, 가히 천부적인 이 소질로 해리는 퀴디치 팀의 수색꾼이 된다. 론 위즐리에 의하면 호그와트 퀴디치 역사상 "100년 만의 최연소 수색꾼"이다. 해리는 퀴디치 재능이 뛰어나지만 첫 경기에서는 골든 스니치를 입으로 잡는다. 이 사건은 영화 전체 내용에서 중요한 역할을 하는데, 그 이유는 영화 마지막 편에서야 밝혀진다.

퀘이플과 블러저

"블러저라고, 위험한 놈이지."
—올리버 우드, 〈해리 포터와 마법사의 돌〉

퀘이플은 농구공과 축구공이 혼합된 형태와 비슷하다. 프로덕션 디자이너 스튜어트 크레이그는 모든 퀴디치 장비의 콘셉트 아트를 만들고 크기(퀘이플의 경우 지름 약 18센티미터)와 질감을 고안했다. 이어 디자인이 승인되면 소품 팀이 실제로 쓸 수 있는 스포츠 장비를 만들었는데, 영화를 위해 만든 4개의 퀘이플은 발포 폼을 붉은 가죽으로 감싼 형태다. 실밥을 감춘 공 양옆에는 세월에 바래고 긁힌 호그와트 로고가 새겨져 있다.

작고 검은 몸체를 가진 블러저는 퀘이플보다 훨씬 무거우며, 빠르고 단단하고 위험하다. 몰이꾼들은 이것을 짧은 나무 방망이로 친다. 크리켓 경기에 쓰는 특수 팔 보호대인 '베이'는 퀴디치 선수 유니폼의 중요 안전 장치다. 베이는 어깨부터 손목까지를 감싼다. 세월이 흐르면서 선수들의 플레이가 격렬해질수록 유니폼은 패딩을 덧대고 심지어 헬멧도 추가한다.

퀴디치에서 쓰는 공은 모두 공중을 날아다니면서 고유한 소리를 낸다.

퀘이플은 경기에서 가장 큰 공인만큼 선수가 잡거나 때리면 큰 소리를 낸다. 블러저의 소리는 그리핀도르 주장 올리버 우드가 "위험한 놈"이라고 말한 것을 참고해, 사운드 디자인 팀에서 성난 동물이 맞았을 내는 소리를 생각하며 만들어냈다.

옆쪽 위: 〈해리 포터와 비밀의 방〉에서 해리 포터가 악당 블러저를 피해 달아나고 있다.
옆쪽 오른쪽 아래: 퀴디치 용품을 담는 트렁크 콘셉트 스케치. 가만히 있지 못하는 블러저가 사슬에 고정돼 있다.
옆쪽 왼쪽: 험악한 날씨가 퀴디치 경기를 방해할 때 쓰는 고글. 애덤 브록뱅크 콘셉트 아트.
위, 왼쪽에서 오른쪽: 블러저, 블러저 방망이, 퀘이플, 팔 보호대, 또 다른 블러저의 콘셉트 디자인.
오른쪽 아래: 손 방망이, 모든 용품은 스튜어트 크레이그가 디자인하고 거트 스티븐스가 그렸다.
왼쪽 아래: 퀘이플의 최종 형태 비주얼 개발 그림. 공 위에 호그와트 로고가 새겨져 있다.

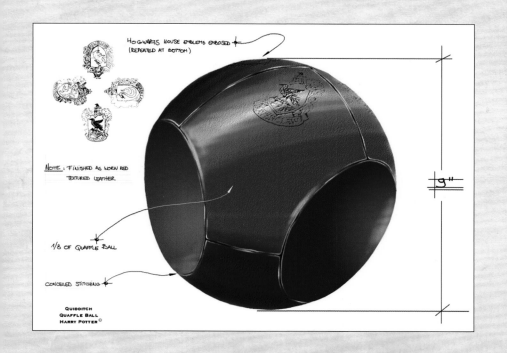

골든 스니치

"네가 신경 써야 할 건 이것뿐이지. 골든 스니치야."

—올리버 우드, 〈해리 포터와 마법사의 돌〉

놀라운 속도로 퀴디치 경기장을 날아다니는 골든 스니치는 날개를 사납게 파닥거리며 위로, 아래로, 옆으로 정신없이 움직여서 수색꾼들을 피한다. 제작진은 골든 스니치를 공기 역학적 형태로 만들기 위해 날개와 몸체의 다양한 디자인을 연구했다. 어떤 것은 나방의 날개 같고, 어떤 것은 갈빗대가 가로 또는 세로로 뻗은 돛 모양이었다. 어떤 골든 스니치는 물고기 지느러미 같은 키를 달기도 했다. 호두만 한 크기의 골든 스니치 몸체도 여러 가지 모양을 시험했지만, 최종적으로 결정된 디자인은 아르누보 양식 몸체에 갈빗대가 있는 돛 모양의 얇은 날개가 달린 형태였다. 날개를 접고 펼치는 방식도 중요했다. 스튜어트 크레이그가 말한다. "이론적으로 날개는 몸체에 새겨진 홈에 쏙 들어가서 스니치 전체가 동그란 공 모양이 되어야 했어요." 소품 팀은 여러 형태의 골든 스니치를 구리로 전기 주조해서 금을 씌웠다. 하지만 그 작고 아름다운 공이 날아다니게 만든 것은 특수 효과 팀이고, 거기에 벌새 같은 소리를 입힌 것은 사운드 디자인 팀이었다. 필요할 때면 컴퓨터 아티스트들은 골든 스니치가 해리의 안경에 비친 모습을 만들어서 보다 완벽한 영상을 만들어냈다.

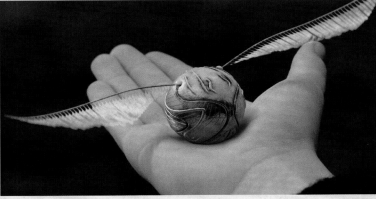

위, 오른쪽 위: 진정한 주인공을 위한 주인공 소품. 〈해리 포터와 마법사의 돌〉에서 골든 스니치의 날개와 방향키의 생김, 또 날개가 접히는 모습을 다양하게 탐색하는 거트 스티븐스의 비주얼 개발 그림.
오른쪽 아래: 〈해리 포터와 마법사의 돌〉에 나오는 골든 스니치.
옆쪽: 골든 스니치의 최종 형태.

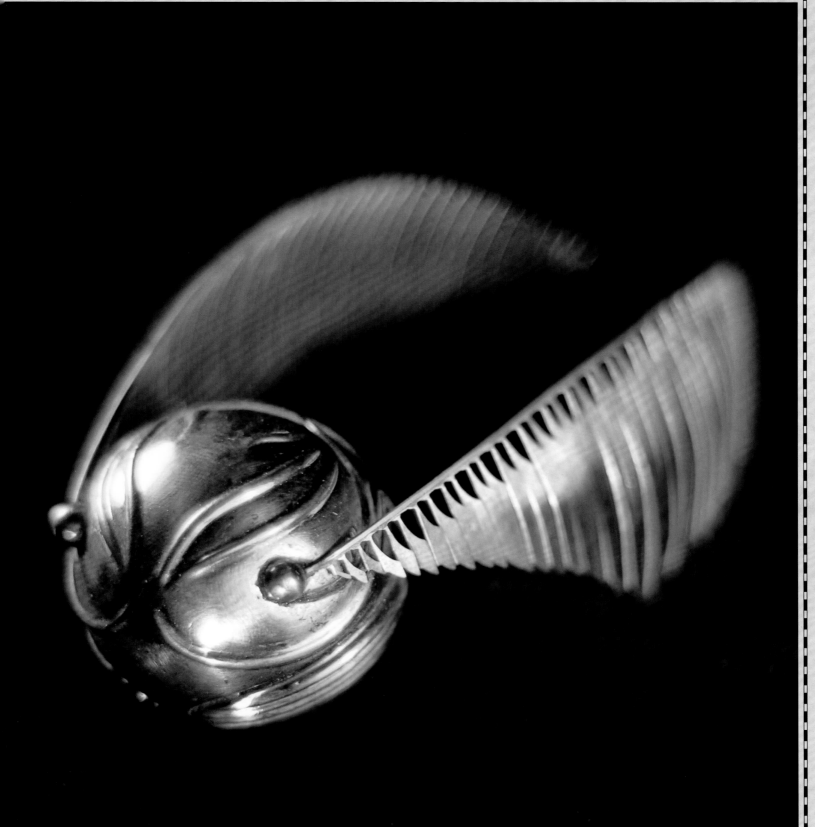

기숙사 점수 모래시계

**"좋은 일을 하면 점수를 따고, 규칙을 어기면 점수를 잃죠.
학년이 끝날 때 최고 득점을 한 기숙사는 우승컵을 받게 됩니다."**

—미네르바 맥고나걸, 〈해리 포터와 마법사의 돌〉

연회장 교수석의 오른쪽 벽에는 모래시계 모양을 한 큰 유리 원통 4개가 서 있다. 각각 슬리데린, 후플푸프, 그리핀도르, 래번클로 기숙사를 나타내는 이 모래시계의 안에 들어 있는 '보석'(에메랄드, 노란 다이아몬드, 루비, 사파이어)은 각 기숙사 학생들이 얻거나 잃은 점수를 보여준다. 프로덕션 디자이너 스튜어트 크레이그가 이 모래시계들에 유리구슬 수만 개를 넣은 덕분에 영국에서는 구슬 품귀 현상이 일어났다. 모래시계들은 실제로도 완벽하게 작동했으며, 학년 초에는 구슬들이 모래시계의 윗부분에만 있도록 신경을 썼다.

호그와트 전투 기사들

"피에르토툼 로코모토르!"
—미네르바 맥고나걸, 〈해리 포터와 죽음의 성물 2부〉

〈해리 포터와 죽음의 성물 2부〉에서는 호그와트 학교 안에서 선한 세력과 어둠의 세력의 마지막 전투, 그리고 해리 포터와 볼드모트 경의 마지막 대결이 벌어진다. 여기에는 교사와 학생뿐 아니라 다른 관계자들도 참여하고, 이때껏 보이지 않던 지원군도 나타났다. 바로 학교를 지키려고 되살아난 갑옷 기사 석상들이다. 기사들은 (예전부터 그 주문을 사용하고 싶어 한) 맥고나걸 교수의 명령에 깨어나서 전투장으로 진군해 들어간다. 콘셉트 아티스트 애덤 브록뱅크와 앤드루 윌리엄슨은 기사들과 그들의 사슬 갑옷, 철퇴, 전투 도끼, 방패 등을 스케치했는데, 그런 장비들 중 일부는 특정 기숙사의 이미지와 연결되었다. 또 스코틀랜드 고원 지대의 전통 복장 중 하나로 남자들이 킬트 위에 착용하는 가죽 주머니인 '스포란'을 멘 기사도 있고, 퀴디치 경기를 하는 듯한 복장의 기사도 있다. 기사들이 살아나는 모습은 기계 효과와 디지털 효과가 결합돼 완성되었는데, 먼저 유리섬유로 기사의 모형을 만들고 돌 같은 느낌이 나게 채색한 뒤 이 모형을 사이버스캔으로 컴퓨터에 넣어서 기사처럼 움직이게 만들었다.

옆쪽: 기숙사 점수를 표시하는 모래시계. 이 시점에서는 래번클로가 가장 앞서고 있다.
위: 애덤 브록뱅크가 그린 전투 기사들의 비주얼 개발 그림. 저마다 독특한 무기와 방패를 들고 있다.
아래: 전투 후 유리섬유 버전 기사들이 산산조각 나서 들판을 뒹굴고 있다.

요정과 트롤 갑옷

제작진은 배경과 액션의 효과를 높일 수 있는 아이디어를 끊임없이 탐색했다. 〈해리 포터와 혼혈 왕자〉에서는 호그와트 현관 홀 계단에 서 있는 갑옷 입은 트롤과 요정 조각상을 디지털 애니메이션으로 만들자는 아이디어가 나왔다. 그때는 실현되지 않았지만, 이 기사들은 〈해리 포터와 죽음의 성물 2부〉에서 전투에 참여하게 되었다. 〈죽음의 성물 2부〉의 콘셉트 아트는 갑옷 입은 요정이 전투에 합류했음을 보여준다. 눈이 예리한 관객이라면 필요의 방이 악마의 화염에 불타기 전에 트롤과 요정 갑옷이 그곳에 놓인 모습을 볼 수 있다.

이쪽: 〈해리 포터와 혼혈 왕자〉의 트롤 갑옷 비주얼 개발 그림(콘셉트 아티스트 롭 블리스)과 〈해리 포터와 죽음의 성물 2부〉의 요정 갑옷 비주얼 개발 그림(애덤 브록뱅크). 두 그림은 비율이 다르다. 요정의 실제 키는 트롤 갑옷의 신발 꼭대기에 닿을까 말까 한다.
바탕: 에마 베인의 트롤 갑옷 스케치 작업.
옆쪽: 〈혼혈 왕자〉의 한 장면 스토리보드. 필치 씨와 노리스 부인이 트롤 갑옷 속에서 나는 쥐 소리에 정신이 팔린 사이 해리가 그 옆을 살그머니 지나가고 있다.

HERMIONE
Now remember, Slughorn usually eats early, takes a short walk and then returns to his office.

HARRY
Right. I'm going down to Hagrid's.

HERMIONE
What? No, Harry -- you've got to go see Slughorn. We have a plan --

Filch fumbles around the foot of the armour for the mouse with Mrs Norris.

Harry walks past....

Cut high above Troll armour.
The mouse is sitting on the armours shoulder.
Filch climbs up between its arms to get the mouse.

Harry walks past behind.

14th November 2007

ÆTATIS XXXV

Dame Antonia Creaseworthy

Percival Pratt   By John Flowers

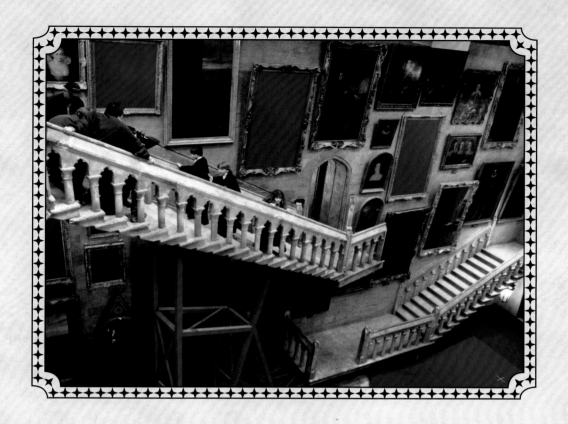

호그와트 성의 그림들

"그림이 움직여!"

—네빌 롱바텀, 〈해리 포터와 마법사의 돌〉

〈해리 포터와 마법사의 돌〉에서 호그와트에 간 해리 포터에게 그곳이 마법 세계라는 점을 뚜렷하게 보여준 것 중 하나는 대형 계단 벽에 걸린 움직이는 그림들이었다. 현대 기술 덕분에 우리에게는 비디오와 '움직이는 사진'이 있지만, 대화할 수 있는 그림은 아직 없다. 세트 장식가 스테파니 맥밀란이 말한다. "소품 담당 미술 감독의 주요 과제 중 하나는 초상화를 연구해서 그것을 의뢰해 그리게 하는 것이었어요." 시리즈가 이어지는 동안 루신다 톰슨, 알렉스 워커, 해티 스토리가 그 책임을 맡았다. 그들은 모든 시대와 양식을 살펴보았다. "고대 이집트에서 20세기까지 회화의 역사 전체를 연구했죠." 프로덕션 디자이너 스튜어트 크레이그의 말이다. 움직이지 않은 그림들은 왕족을 비롯해서 문학, 미술, 사회 분야 유명인들의 널리 알려진 초상화를 본떠서 그렸다. 초상화 제작은 다양한 방식으로 이루어졌다. 크레이그가 말한다. "우리 아티스트 샐리 드레이는 깨끗한 화폭에 그림을 그리는

호그와트 연회장 벽에 걸린 그림들.
옆쪽 왼쪽: '보진과 버크'의 공동 창업자인 카락타쿠스 버크의 친척일지도 모르는 엘리자베스 버크.
옆쪽 오른쪽 위: 안토니아 크리스워시 부인.
옆쪽 오른쪽 아래: 유명 시인 퍼시벌 프랫.
위: 〈해리 포터와 마법사의 돌〉의 움직이는 계단 장면. 포스트 프로덕션 단계에서 비계와 바닥을 디지털로 제거 또는 교체하고, 그림들에 움직이는 영상을 넣었다.
아래: 그림 배치의 일관성 유지와 장면 블로킹(동선 구성)을 위해 만든 흰 종이 모형.

걸 좋아했어요. 아주 정성을 들이는 방식이죠. 그릴 대상을 주면 샐리는 완전한 백지에 그 인물을 그렸습니다." 하지만 다른 사람들은 약간 '속임수'를 썼다. "사진을 가져다가 그림 같은 느낌과 오래된 니스 같은 느낌을 줘서 진짜 유화처럼 보이게 만들죠." 첫 번째 영화에서 10명의 아티스트가 약 200점의 초상화를 그렸고, 이후 시리즈가 이어지는 동안 스토리에 필요한 그림들이 추가되었다.

움직이는 그림은 초상화와 똑같은 과정에 몇 가지 단계만 더해 만들어졌다. 일단 그림의 얼개를 스케치하면, 먼저 배경을 그리고 촬영한 후에 움직이는 그림 역할을 할 사람을 뽑았다. 배우도 있었지만 제작진도 다수 참여했다. 의상 팀에서 의상을 만들고, 필요하면 세트 팀과 소품 팀이 협력해서 세트를 만든 뒤 제2 제작진이 그린스크린 앞에서 동작을 찍었다. 〈해리 포터와 아즈카반의 죄수〉부터 마지막 편까지 의상 디자이너로 일한 자니 트밈은 이 일을 아주 즐거워했다. "16세기에서 18세기까지의 마법사들 초상화를 만드는 일은 정말 재미있었어요. 때로는 고전적인 초상화를 가져다가 그 안의 인물을 마법사로 꾸미기도 했죠."

제작진은 그림 속 인물이 배우나 연기 장면을 제대로 바라볼 수 있도록, 먼저 그린스크린 캔버스 액자를 건 상태로 촬영해 시각 효과 팀이 그림 속 인물이 어디를 보아야 하는지 알 수 있도록 했다. 시각 효과 프로듀서 에마 노턴은 시각 효과 팀이 모든 요소를 통합한 후에 "디지털로 그림자나 반사광을 넣고, 오래된 유화처럼 물감이 갈라진 효과도 넣어 질감을 만들어냈다"고 말한다. 완성된 그림을 장면의 배경에 걸어둘 필요가 생기면 움직이지 않는 형태로 복제하기도 했다. 그런 장면에서는 그림이 밀려서 작게 보여서 움직일

왼쪽 위: 〈해리 포터와 혼혈 왕자〉에서 펠릭스 펠리시스를 마신 해리 포터가 아무도 모르게 호그와트를 나가는 장면 스토리보드(스티븐 포리스트 스미스). 이 장면은 촬영되지 않았다.
오른쪽 위와 옆쪽 오른쪽 아래: 신원 미상의 교장.
오른쪽 아래: 〈해리 포터와 아즈카반의 죄수〉에 나올 예정이었지만 안타깝게 삭제된 회화 비주얼 개발 그림(올가 두기나와 안드레이 두긴).
옆쪽 오른쪽 위: 아르만도 디펫 교수. 톰 리들이 호그와트를 다니고 비밀의 방이 처음 열렸을 때의 교장.
옆쪽 왼쪽 위와 왼쪽 아래: 마법 동물 돌보기 수업 교과서인 《신비한 동물 사전》의 저자 뉴트 스캐맨더.

필요가 없기 때문이다. 캐릭터들이 그림과 대화나 행동을 주고받지 않는 장면에서는 벽에 걸린 많은 그림 중 일부만이 움직인다. 노턴이 말한다. "관객은 캐릭터들을 볼 뿐 그림을 보지는 않아요. 그리고 움직이는 게 너무 많으면 정신이 분산돼서 관객이 좋아하지 않습니다. 대화나 행동에 반응하는 그림도 약간 있어야 하지만, 그것도 스토리에 도움을 줄 때뿐이죠. 만들 수 있다고 무조건 만들지는 않아요."

그림의 조명은 아주 중요했다. 예를 들어 덤블도어 방의 입구에는 호그와트 옛 교장들의 초상화가 가득했는데, 그중 많은 수가 벽 위쪽 창문들 틈에 걸려 있었기 때문에 조명 방식을 신중하게 선택해야 했다. 천장이 매우 높아서 촬영 기사 로저 프랫은 몇 가지 다른 광원을 만들었다. "촛불을 조명으로 쓰고 싶지는 않았어요. 촛불은 정신을 산만하게 한다고 생각하거든요. 그래서 기름 램프를 쓰기로 하고, 그걸 테이블 위나 근처에 놓아서 따뜻하고 부드러운 느낌을 만들었죠." 윗부분은 창문으로 부드러운 달빛이 들어오게 했다.

미술, 소품, 의상 팀은 〈해리 포터와 비밀의 방〉의 어둠의 마법 방어술 교수인 질데로이 록허트의 교실도 만들어야 했다. 그곳에는 록허트가 자신을 그리는 모습의 큼직한 그림이 있다. 그림 속 그림은 앤서니 반 다이크의 1638년 그림을 연상시킨다. 큰 액자 속의 록허트는 다른 움직이는 그림들과 똑같은 방식으로 촬영됐다. 처음에 스튜어트 크레이그와 스테파니 맥밀란은 시각 효과로 록허트가 그림에서 교실로 걸어 나오게 하는 것을 제안했지만, 결국에는 단순히 록허트가 자기 방 계단에서 거창한 동작으로 걸어 내려와서 그림과 윙크만 주고받는 것으로 결정되었다.

많은 그림 속 인물이 시리즈 가운데 두 편의 영화에서 액자 밖으로 도망친다. 〈해리 포터와 아즈카반의 죄수〉에서는 시리우스 블랙이 호그와트 성에 있다는 소식에 겁을 먹어서 도망치고, 〈해리 포터와 죽음의 성물 2부〉에서는 호그와트 전투가 벌어지기 때문이다. "대본의 내용과 감독의 아이디어가 더

왼쪽 위: 신원 미상의 교장.
오른쪽 위: 뚱보 여인 역을 맡은 배우 엘리자베스 스프리그스가 〈해리 포터와 마법사의 돌〉에서 화려한 드레스 차림으로 초상화 모델을 서고 있다.
오른쪽 아래: 〈해리 포터와 비밀의 방〉에서 질데로이 록허트가 스스로의 초상화를 그리는 그림.
옆쪽: 〈해리 포터와 혼혈 왕자〉의 사건이 끝나고 교장실에 걸린 알버스 덤블도어(마이클 갬번)의 초상화.

Albus Percival Wulfric Brian Dumbledore

해져서 나온 결정이었습니다." 맥밀란이 말한다. 〈해리 포터와 아즈카반의 죄수〉에서 알폰소 쿠아론 감독은 세밀한 상황들과 달아나는 사람들의 동선을 꼼꼼하게 구성했다. "그런 뒤 미술 감독 해티 스토리가 콘셉트 아티스트와 함께 그 동선을 실현할 계획을 짰고, 많은 인물이 그에 따라 그림에서 그림으로 이동했죠." 이때 원근법을 신중하게 맞추어야 했다. 에마 노턴이 말한다. "움직임이 아주 복잡했어요. 비율도 바뀌었고요. 인물들이 서로 다른 비율 사이를 넘나들었기 때문에 그것들을 하나하나 다 맞추어야 했죠."

초상화 속 마법사 모델로는 배우와 제작진뿐 아니라 영화 제작자와 팀장 들도 참여했다. 스튜어트 크레이그가 말한다. "덤블도어의 방에는 소품 감독 배리 윌킨슨의 초상화가 있어요. 대리석 계단에는 제작자 데이비드 헤이먼과 데이비드 배런의 초상화가 눈에 잘 띄게 걸려 있죠. 제 초상화도 있습니다. 〈해리 포터와 아즈카반의 죄수〉의 감독인 알폰소 쿠아론의 아내와 아기의 그림도 있고, 미술 감독 알렉스 워커도 있죠. 〈해리 포터와 마법사의 돌〉의 크리스 콜럼버스 감독도 초상화를 그렸지만 영화에는 나오지 않았어요. 하지만 멋진 초상화였죠." 호그와트 벽에는 대신 감독의 딸인 바이얼릿 콜럼버스의 그림이 걸렸다. 〈해리 포터와 마법사의 돌〉에서 손에 꽃을 들고 1학년 신입생들에게 무릎을 구부려 인사하는 소녀다.

옆쪽 오른쪽 위: 〈해리 포터와 아즈카반의 죄수〉에서 그리핀도르 휴게실에 걸린 마법사들의 체스 놀이 그림. 프로덕션 디자인, 세트 장식, 미술 팀이 협력해서 만든 이 그림이 나오는 장면은 영화에서 삭제되었다. 호그와트 벽에 걸려 있는 이 그림 속의 그림들에는 이곳에 소개된 것들도 있다.
옆쪽 왼쪽 위: 신원 미상의 여자 마법사.
옆쪽 왼쪽 아래와 오른쪽 아래: 신원 미상의 교장들.
왼쪽 위: 〈해리 포터〉 영화 시리즈의 제작자 데이비드 헤이먼이 모델인 코티스모어 크로인의 초상.
오른쪽 위: 〈해리 포터〉 영화 시리즈의 프로덕션 디자이너 스튜어트 크레이그가 모델인 헨리 범블퍼프트의 초상. 대리석 계단에 걸렸다.
맨 왼쪽 아래: 크리스 콜럼버스 감독의 딸이 모델인 꽃을 든 소녀.
왼쪽 아래: 〈해리 포터〉 영화 시리즈의 소품 감독 배리 윌킨슨을 모델로 한 《주간 여자 마법사》 창립자 토비아스 미슬소프의 초상.

제 2 장

마법사의 돌

"그럼 여러 가지 방법으로
지키고 계시겠네요. 주문이나
마법으로요."

—헤르미온느 그레인저,
〈해리 포터와 마법사의 돌〉

마법사의 돌을 찾아서

책과 영화의 제목에서 알 수 있듯 〈해리 포터와 마법사의 돌〉은 해리 포터, 론 위즐리, 헤르미온느 그레인저가 마법사의 돌을 찾는 이야기다. 헤르미온느의 설명에 따르면 그것은 "어떤 금속도 순금으로 만들고, 영생을 가져다주는 영약을 만드는 놀라운 힘을 지닌 전설의 물질"이다. 호그와트 사람들은 볼드모트가 그 돌을 얻지 못하도록 감춘 후에 네 겹의 안전장치를 해놓는다. 머리 셋 달린 개 플러피, 사나운 식물, 날개 달린 열쇠로만 열 수 있는 문, 게임을 해서 이겨야 지나갈 수 있는 거대 체스판이 그것이다. 아직 신체가 없어서 퀴리누스 퀴렐 교수의 몸에 기생해서 사는 볼드모트는 이 장치들을 모두 통과하고, 주인공들은 각자의 캐릭터에 맞는 능력을 발휘해 헤르미온느는 주문에 대한 지식, 해리는 빗자루 비행 기술, 론은 마법사 체스 실력을 뽐낸다.

음악으로 잠재울 수 있는 플러피는 거의 100퍼센트 디지털로 만들어졌다(침은 기계적 효과였다). 악마의 덫을 통과하려면 몸에서 힘을 빼거나 (하지만 그 촉수에 휘감긴 해리와 론에게는 그 일이 불가능했다) 헤르미온느가 빛을 만들어야 했다. 악마의 덫은 놀랍게도 기계적 효과였다(디지털로 만들었으면 비용이 엄청났을 것이다). 식물 밑에 자리 잡은 장치 조종사들이 배우들의 몸을 휘감은 덩굴을 풀면, 필름을 거꾸로 돌려서 식물이 그들을 휘감는 것처럼 보이게 연출했다.

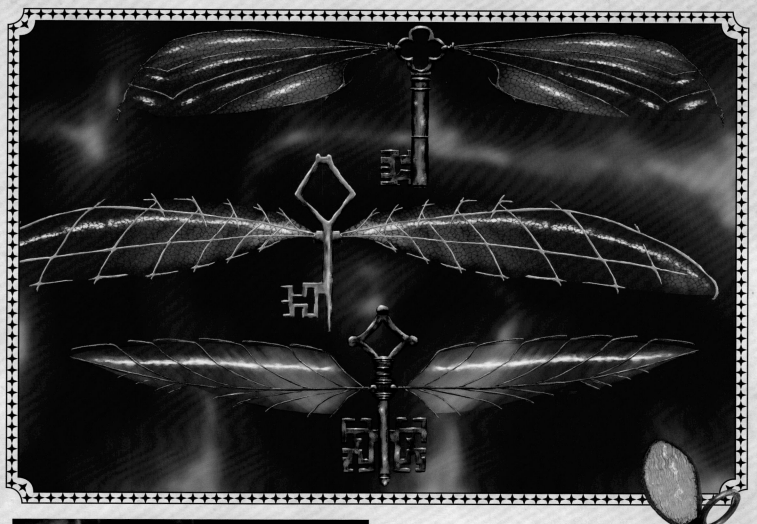

날개 달린 열쇠

"이런 새는 처음 봐."
"새가 아니라 열쇠야."

—헤르미온느 그레인저와 해리 포터, 〈해리 포터와 마법사의 돌〉

플러피를 잠재우고 악마의 덫을 통과한 뒤에는 마법사의 돌에 다가가기 위해 잠긴 문을 열어야 한다. 헤르미온느가 '알로호모라' 주문을 써보았지만 소용없이 끝나고, 론과 해리는 방 안을 날아다니는 수많은 열쇠 중에서 문에 맞는 단 하나를 찾아야 함을 깨닫는다. 시각 효과 감독 로버트 레가토는 비교적 단순한 열쇠들의 디자인에 "무섭고 거칠지만, 너무 무섭거나 거칠지는 않은" 면을 담아야 했다고 말한다. "물건은 아름다울수록 덜 무섭게 느껴지죠. 무섭지만 너무 무섭지 않은 선을 찾는 일이 어려웠어요." 생각해야 할 또 한 가지는 열쇠들의 움직임이었다. "그것들은 기본적으로 한 덩어리로 움직여요. 그 움직임이 열쇠들의 외형과 화면에서 조명 받는 방법에 영향을 미치죠." 디지털 스토리보드로 시험해 최종 디자인이 확정된 후에 새 떼처럼 무리지어 나는 많은 열쇠가 만들어졌다. 실제로 문을 여는 열쇠는 다중 광택 실크로 날개를 만들어 완성했다.

60쪽: 론 위즐리가 나이트의 말에 올라타고 실물 크기 마법사 체스를 지휘하는 모습. 론은 해리 포터가 마법사의 돌을 찾으러 가도록 자신의 말을 희생시킨다.
옆쪽 위: 론, 헤르미온느, 해리가 악마의 덫 위에 떨어진 모습.
옆쪽 아래: 해리, 헤르미온느, 론이 대형 체스판이 놓인 방에 들어가는 장면을 그린 시릴 놈버그의 비주얼 개발 그림.
위: 거트 스티븐스의 날개 달린 열쇠 콘셉트 아트.
왼쪽 아래: 날개 달린 열쇠들 사이를 나는 해리 포터.
오른쪽 위: 잠긴 문을 여는 데 사용한 날개 달린 열쇠 소품.

체스 말

"뻔하잖아. 체스를 둬서 건너야 해. 해리는 빈 비숍 자리를 맡아.
헤르미온느는 퀸 옆의 룩을 해. 난 나이트를 할게."

—론 위즐리, 〈해리 포터와 마법사의 돌〉

해리 포터는 볼드모트를 만나기 전에 마지막으로 마법사 체스 게임을 해서 이겨야만 한다. 크리스 콜럼버스 감독은 처음부터 그 장면을 디지털이 아닌 기계적 효과로 만들고자 했고, 특수 효과 팀과 소품 팀은 기꺼이 32개의 대형 체스 말을 만들었다. 그 일부는 높이가 3.6미터에 이르고, 무게는 230킬로그램까지 나갔다. 이 말들은 먼저 찰흙으로 빚은 뒤에 쓰임에 따라 다양한 재료로 주조됐다. 소품 팀은 말들에 곁들일 칼, 철퇴, 갑옷도 만들고 심지어 비숍의 지팡이도 만들었다. 특수 효과 책임자 존 리처드슨이 말한다. "그런 뒤 우리는 체스 말을 움직여야 했습니다. 하지만 말들이 워낙 크고 무거운 데다 받침대는 굉장히 작아서 힘든 일이었죠." 리처드슨의 팀은 말들에 무선 조종 장치를 달았다. "그걸로 말이 앞으로 간 뒤 멈추고, 옆으로 갔다가 멈추는 동작을 깔끔하게 만들 수 있었어요."

시각 효과 프로듀서 에마 노턴은 말한다. "세트 위에 말을 다 만들고 그걸 체스판 위에서 움직일 수도 있었지만, 동작이 정교하지 않았어요. 그래서 단순히 전진하는 것 이상의 움직임은 컴퓨터로 만들었죠. 컴퓨터 그래픽으로

왼쪽 아래, 오른쪽 위: 시릴 놈버그와 라비 반살의 블랙 사이드 폰과 퀸사이드 캐슬 비주얼 개발 그림.
오른쪽 아래: 킹 말을 마무리 손질하는 모습.
옆쪽: 룩, 나이트, 비숍, 폰 참고 사진. 일부는 무선으로 조종되었다.

무언가를 만들 때는 먼저 그 모델을 만들고 색칠을 해서, 거기서 최대한 많은 것을 가져다 썼어요. 모델을 촬영해 사이버스캔한 후에, 소품 팀과 미술 팀의 자료에서 질감을 가져와서 외피를 만들었죠. 그런 뒤 CG 모델을 만들고 겉에 그 질감의 외피를 씌우면 모든 면에서 진짜처럼 보였습니다."

체스 장면에서 배우들은 상대편에게 잡히면 폭발하는 체스 말들의 파편을 피해 촬영해야 했다. 리처드슨은 폭약 대신 리모컨으로 조종하는 압축 공기 장치로 말들을 질서 있게 폭발시켰다. "세트에는 불꽃도 있고 연기도 있어서 공기, 불, 폭음 등 거의 모든 것을 조금씩 사용했어요." 폭발 후에 보이는 '부서진' 조각들은 본래 말의 잔해가 아니라 따로 만든 것으로, 촬영을 마치고서 그 위에 디지털로 먼지와 부스러기를 입혔다. 체스 판의 얼룩은 잘 알려진 기법으로 만들어졌다. 물통(이 경우에는 0.5제곱미터)에 유화 물감을 뿌리고 그 위에 종이를 얹어서 소용돌이무늬를 앉히는 방법이다. 그렇게 해서 나온 결과 중 최고의 것을 스캔하고 디지털로 보완해서 세트에 놓았다. 루퍼트 그린트(론 위즐리)는 이렇게 회상했다. "정말 멋진 세트에 멋진 장면이었어요. 사방에서 말이 부서지고 폭발했죠. 아직도 그때 탔던 말 조각을 하나 가지고 있어요!"

왼쪽 위, 오른쪽 아래, 옆쪽 위: 마법사 체스 말의 여러 가지 무기, 자세, 복장을 실험한 시릴 놈버그와 라비 반살의 콘셉트 아트.
오른쪽 위: 〈해리 포터와 마법사의 돌〉 세트 참고 사진에서 해리 포터가 3.6미터짜리 화이트 퀸에게 다가가고 있다.
옆쪽 아래: 체스 판 주변에 상대에게 잡혀서 폭발한 말들의 파편이 쌓여 있다.

마법사의 돌

"내가 돌을 들고 있군. 그런데 어떻게 얻지?"

—퀴리누스 퀴렐, 〈해리 포터와 마법사의 돌〉

해리 포터 1편 〈마법사의 돌〉에서 마법사의 돌보다 중요한 소품이 있을까? 디자인 팀은 J.K. 롤링에게 돌의 모양을 물었고, 가공하지 않은 루비라는 대답을 받았다. 플라스틱으로 만든 몇 개의 돌이 루비라기보다는 커다란 사탕처럼 보이자, 제작진은 진짜 보석처럼 반짝이도록 만들기 위해 기초적인 조명 방식을 활용했다. 돌의 반짝이는 빛은 촬영할 때 카메라 위에 놓은 작은 불빛이 비친 것이었다.

오른쪽 위: 〈해리 포터와 마법사의 돌〉 영화의 한 장면. 마법사의 돌이 놀랍게도 해리의 바지 주머니에서 발견된다. 왼쪽 위: 마법사의 돌. 아래: 퀴렐 교수(이안 하트)가 소망에 거울에 비친 자신의 모습을 보고 있다. 옆쪽: 소망의 거울 소품 참고 사진.

소망의 거울

"우리 마음속의 소망 중에서 가장 간절하고 진심 어린 것만을 보여주는 거지."

—알버스 덤블도어, 〈해리 포터와 마법사의 돌〉

소망의 거울은 해리 포터가 볼드모트 경과 퀴렐 교수 합체를 이기는 데 중요한 역할을 한다. 해리는 도서관의 금지 구역에서 니콜라스 플라멜에 대해 조사하다가 도망칠 때 소망의 거울과 처음 마주한다. 거울에는 다양한 양식이 혼합돼 있다. 바깥쪽 기둥은 코린트 양식, 안쪽 기둥은 매듭 무늬가 있는 도리스 양식이다. 가장 주요한 양식은 3중 아치에 쓰인 고딕 양식으로, 7개 칸으로 구획된 안쪽 아치를 바깥쪽 아치가 감싸고(마법 세계에는 숫자 7이 자주 나타난다) 그 위에 종려 잎 무늬로 장식된 삼각 아치가 놓여 2개의 오벨리스크를 지탱한다. 맨 위의 아치에는 Erised stra ehru oyt ube cafru oyt on wohsi라고 적혀 있는데, 이것은 마법 언어가 아니라 "I show not your face but your heart's desire."(나는 당신의 얼굴이 아니라 당신 마음의 소망을 보여준다)를 뒤집어서 쓴 후에 띄어쓰기를 바꾼 것이다. 다른 소품들은 대부분 다양한 활용과 촬영 중 파손될 경우를 대비해 여러 개씩 만들었지만, 소망의 거울은 단 한 개만이 제작되었다.

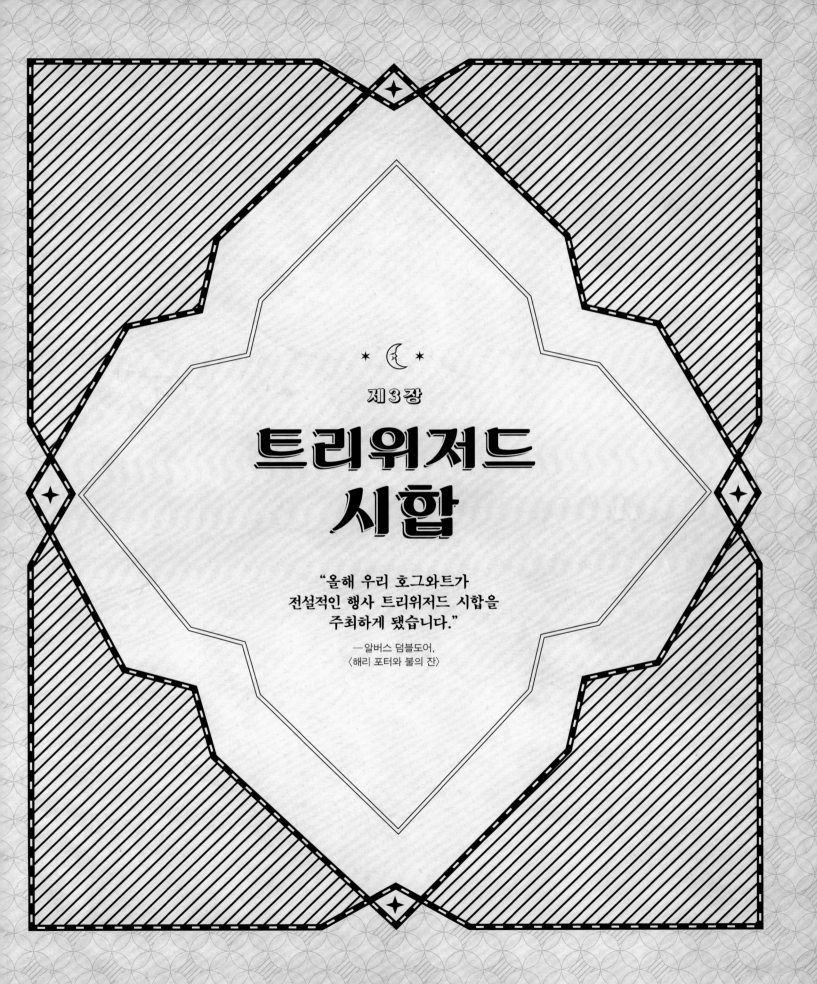

제 3 장

트리위저드 시합

"올해 우리 호그와트가
전설적인 행사 트리위저드 시합을
주최하게 됐습니다."

—알버스 덤블도어,
〈해리 포터와 불의 잔〉

불의 잔

"신청자들은 양피지에 이름을 적어 불길 속에 던져 넣으세요.
신중히 생각하세요. 선택되면 취소는 안 됩니다."

—알버스 덤블도어, 〈해리 포터와 불의 잔〉

유럽의 3대 마법학교 호그와트, 보바통, 덤스트랭은 수백 년 동안 트리위저드 시합이라는 아주 위험한 경연을 개최한다. 각 학교의 챔피언이 3가지 과제를 통해 용기, 지략, 마법 실력을 겨루는 이 대회는 불의 잔을 공개하는 것으로 시작한다. 자기 학교의 챔피언이 되고자 하는 학생은 잔에 자기 이름을 적은 쪽지를 넣어야 한다. 불의 잔은 금박을 두르고 보석이 박힌 커다란 궤에 담겨서 나오는데, 그 디자인을 위해 프로덕션 디자이너 스튜어트 크레이그와 그래픽 아티스트 미라포라 미나는 중세 건축과 영국 및 러시아 정교회의 장식을 연구했다. 미나가 말한다. "자료들을 보면서 층으로 이루어진 구조물을 떠올렸어요. 그리고 그게 교회 모자이크처럼 화려하게 장식되고 사방의 빛으로 반짝이게 만들고 싶었죠." 소품 제작자 피에르 보해나는 룬 문자나 연금술 상징을 새긴 각 부분을 주조한 후에 금색 잎, 색칠한 보석, 반짝이는 여러 물질을 박았다. 크레이그는 "세상에 없던 종교 성물함 같은 느낌이었다"고 묘사한다. 궤는 아주 잠깐 보인 뒤 바로 '녹아' 없어져서 잔을 드러낸다. 미나는 그 장면을 기계적 효과로 만들 수 있겠느냐는 질문을 받았지만 디지털로 하는 편이 낫겠다고 결정했다. "하지만 궤는 의심

할 여지없이 실물이었죠. 제가 직접 그걸 가지고 연회장으로 갔어요!"

크레이그는 애초에 잔을 작게 만들고 작은 보석을 박으려고 했다. 하지만 연구 끝에 불의 잔은 "나무로 만들고 고딕 문양으로 장식한 커다란 고딕 양식 잔이 되었"다. "우리가 구한 나무는 최상이었어요. 거칠고 뒤틀리고 옹이와 균열이 있었죠. 그래서 아주 오래된 자연물이라는 느낌을 줘요." 피에르 보해나의 팀은 이 유럽느릅나무로 1.5미터 높이의 잔을 조각하고 플라스틱을 약간 더했다. 미나는 밑부분의 나무가 잔 턱밑까지 뻗어 있는 모습이 여전히 자라난다는 느낌을 준다고 생각했다. 크레이그는 "이걸 보고 미완성이라는 느낌을 받았"다고 말한다. "조각된 부분과 자연물 같은 부분이 반씩 섞여서 완성이 안 된 것처럼 보이지만, 가만히 들여다보면 작은 부분 하나하나가 섬세하게 완성되었고 전체적인 실루엣도 훌륭하죠."

트리위저드 컵

"최후까지 남는 챔피언만이 트리위저드 컵을 차지할 수 있습니다!"

—알버스 덤블도어, 〈해리 포터와 불의 잔〉

유서 깊은 물품인 트리위저드 컵과 그 디자인은 불의 잔과 마찬가지로 자연물의 특징과 공예 기술을 동시에 보여준다. 머글과 마법 세계 디자인의 선례들을 연구한 미라포라 미나는 참고한 유물들에 용 장식이 상당히 많이 쓰였음을 발견했다. 3마리 용과 트로피를 이루는 크리스털 패널 3개는 대회에 참여하는 세 학교를 나타낸다. 컵을 만들기 시작할 때, 소품 제작자 피에르 보해나는 미나의 개념이 금속 작업에 대해 분명한 느낌을 주었다고 말한다. "컵을 은으로 만들고 싶지는 않았어요. 너무 정교하게 만들고 싶지도 않았죠. 무거운 주물, 아주 오래된 물건이라는 느낌을 내고 싶었어요. 은을 쓰면 그런 느낌은 만들 수 없죠." 보해나는 합금을 통해 거의 납 같은 느낌을 주고 청회색 색채도 내는 공정을 알아냈다. 컵은 각 용도마다 주형을 만들어서 그에 맞는 다른 재료를 사용해 만들었다. 몇몇 컵은 포트키로 쓰일 때 공중을 날아야 했기 때문에 라텍스와 고무로 제작되었고, 다른 컵들은 금속과 수지로 만들어졌다. 트리위저드의 철자가 TRI-WIZ-ARD로 쪼개져서 새겨진 패널은 마치 불의 잔처럼 이 물품 역시 미완성된 유물이라는 느낌을 준다. "크리스털 안에는 불과 고사리 문양이 있어요. 저는 그것들이 살아 있는 것처럼 계속 자라난다고 생각했죠." 미나가 말한다. 보해나는 서로 반작용하는 다양한 화학 물질을 사용해서 부서지고 갈라진 모습을 만들었다. 하지만 그가 그 효과를 만들기 위해 사용한 재료는⋯⋯ "포장 랩이었습니다. 랩을 잘게 잘라서 던져 넣으면 재료들이 서로에게서 떨어지거든요." 그는 주름과 균열이 있는 자연 물질을 분석하다가 그런 생각을 떠올렸다면서 말한다. "자연은 언제나 답을 가지고 있죠."

70쪽: 황금 알은 트리위저드 시합 챔피언들에게 두 번째 과제를 해결할 결정적 단서를 주지만, 그것을 알아내려면 먼저 알을 열 방법을 찾아야 한다. 〈해리 포터와 불의 잔〉을 위한 미라포라 미나의 콘셉트 아트.
옆쪽 위: 불의 잔을 감싼 눈부신 궤를 보여주는 영화의 한 장면.
옆쪽 아래: 완성된 불의 잔 옆모습.
아래: 불의 잔에서 각 학교 챔피언의 이름을 담은 네 종이쪽지가 나오는 장면은 디지털로 구현됐지만, 알버스 덤블도어가 손에 잡은 것은 진짜 종이였다.
오른쪽: 트리위저드 컵 소품 참고 사진.

학교 트로피들

"환상의 4인조네."
—리타 스키터, 〈해리 포터와 불의 잔〉

호그와트에 있는 트로피의 방은 〈해리 포터와 불의 잔〉에서 짧게 나온다. 연회장에서 이름이 발표된 트리위저드 시합 챔피언들이 거기에 모이는데, 트로피 수백 개가 가득한 이 방은 어딘가 익숙해 보인다. 〈해리 포터와 불사조 기사단〉에서는 필요의 방으로 변신하고 〈해리 포터와 혼혈 왕자〉에서는 호레이스 슬러그혼의 방으로 쓰였기 때문이다. 트로피를 만들거나 기존 트로피에 마법사 느낌을 줄 때 책에서 아이디어를 얻은 소품 팀은 퀴디치 트로피뿐 아니라 우수 마법 훈장, 호그와트 특별 공로상, 변신술·체스·마법약 상, 선행 및 공로 상패들로 그곳을 가득 채웠다. 트로피에는 책에 나오는 이름과 영화 제작진의 이름이 쓰였다.

· Trophies

Quidditch trophies — Roderick Plumpton
(small 4 individual   Charlie Weasley
players)   Gwenog Jones
                         Alasdair Maddock

Medals of Magical   T. M. Riddle
Merit —   L. J. Evans
                        (= Lily Potter)
                        W. A. Weasley
                        F. C. J. Longbottom
                        J. E. Prewett

Awards for Special   T. M. Riddle
Services to Hogwarts   M. G. McGonagall
(small burnished gold   D. L. Boot
shield)   R. J. H. King

also -
Transfiguration Trophy
Potions Cup
Chess trophy
Award for Effort — Oliver Wood

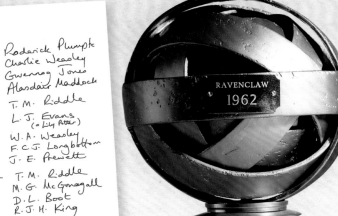

RAVENCLAW
1962

J. E. PREWITT
1978
SEEKER

D. L. BOOT
1979
SEEKER

속기 깃펜

"속기 깃펜 써도 되지?"
—리타 스키터, 〈해리 포터와 불의 잔〉

《예언자일보》기자 리타 스키터의 문제 있는 취재 방식은 〈해리 포터와 불의 잔〉에서 트리위저드 시합 최연소 챔피언인 해리 포터와 인터뷰할 때 아주 잘 드러난다. 스키터가 사용하는 속기 깃펜은 인터뷰 내용을 아주 자극적인 문장으로 바꿔 적는다. 애니메이션으로 만든 깃펜에는 리타 스키터의 복장과 잘 어울리는 밝은 녹색 깃털이 달려 있다.

옆쪽, 왼쪽 위부터 시계 방향: 트로피 방 제작 참고 사진, 퀴디치 수색꾼 2명에게 수여된 트로피, 래번클로 기숙사의 우승 트로피.
위: 리타 스키터와 함께 온 《예언자일보》 사진 기자가 트리위저드 시합 첫 번째 과제 취재 때 쓴 카메라.
오른쪽 아래: 속기 깃펜과 리타 스키터의 메모.
왼쪽 아래: 〈해리 포터와 불의 잔〉에서 미란다 리처드슨(리타 스키터)이 챔피언 천막 안에 있는 모습.

HARRY POTTER, 12 YEARS OLD -
ABOUT TO COMPETE AGAINST 3 ST...
VASTLY MORE EMOTIONALLY MATU...
MASTERED SPELLS HP WOULDN'T ...
OF IN HIS DIZZIEST DREAMS.

HP- ORPHANED IN CHILDHOOD
- CONQUERER OF YOU-KNO...

TRAUMA OF PAST D...   ...ENTER
... TRIWIZARD TOURN...

(NOTE) "EVERYONE ... REBEL"
BEHAVIOUR = PSYCHOLOG... NEED FOR
ATTENTION? OR PSY...OTIC DEATH WISH?
POTTER'S EYES CLEAR... GLISTENING WITH
THE GHOSTS OF THE PAST...
BUT "DUSTY OLD ...GEM" (DUMBLEDORE)
CONTINUES TO PROTECT BOY FROM
POTENTIAL ...KING HAZARDS...

황금 알

"우리의 음성이 들리는 곳으로 와요. 우린 땅에서는 노래를 못 불러요.
한 시간 안에 그대는 찾아야 해요. 우리가 그대에게서 빼앗은 것을."

—인어들이 두 번째 과제에 대해서 준 힌트, 〈해리 포터와 불의 잔〉

트리위저드 시합의 첫 번째 과제는 용이 지키는 황금 알을 가져오는 것이다. 알을 열면 그 안에서 두 번째 과제로 이어지는 힌트를 얻을 수 있다. 디자이너 미라포라 미나는 먼저 알의 겉을 고전적인 방식으로 장식하기로 결정했다. "거기에 새겨진 것은 도시 풍경이에요. 신화나 마법 도시보다는 역사 속 도시에 가깝죠." 미나는 소품의 외관을 에나멜을 칠한 것처럼 만들고(실제로는 그렇지 않다) 그 위에 연금술 상징을 새겨 넣었다. 《해리 포터와 불의 잔》 책에는 알의 내부에서 노래가 흘러나온다는 내용이 나온다. 미나는 "그래서 무언가 아련한 형태로 만들어야 했"다고 말한다. "노래가 그 안에 든 내용물인지 표면에 있는지 잘 알 수 없게요. 그래서 안에서 벌어지는 일이 잘 보이지 않게 크리스털을 쓰기로 했죠."

〈해리 포터〉 영화의 소품을 디자인할 때 미나가 주제로 삼은 것 중 하나는 무언가를 발견하는 느낌이었다. 미나는 황금 알의 디자인을 구상하면서 1880년대부터 1910년대까지 러시아 황실에 바친 알 모양 공예품인 파베르제의 달걀을 연구했다. 금과 은으로 만든 이 알들을 열면 보석과 에나멜로 치장한 조형물이 나온다. "무언가를 발견하려면 그러도록 노력해야만 하죠." 미나가 말한다. 알은 기계 장치로 열린다. "아주 단순해요. 암호를 맞추었을 때처럼 무언가가 자동으로 튀어나오게 만들고 싶었어요." 미나는 그 장치를 세 장의 날개 위에 얹힌 부엉이 머리로 디자인했다. 셋이라는 숫자는 트리위저드 시합과 연결된다. "그리고 홀수는 언제나 흥미롭죠. 그래서 알이 세 부분으로 갈라져야 한다고 생각했어요. 평소에 두 쪽으로 깨는 것과 다르게요!" 이 장치를 들어서 돌리면 금속 날개 세 장이 펼쳐진다. 알의 겉면에는 금박을 입혔다. 소품 제작자 피에르 보해나가 말한다. "우리는 금박을 많이 썼어요. 이 소품을 비롯해서 여러 소품들이 특별해야 했으니까요. 그래서 돈이 많이 들었지만, 그렇다고 엄청나게 많이 든 건 아니에요. 그리고 영화를 보면 효과가 정말 좋

죠. 그냥 칠만 해서는 흉내 낼 수 없는 반짝임이 있어요."

뚜껑이 열리면 "새로운 층으로 내려가는 느낌"이 든다고 미나는 말한다. "알의 껍데기와 안쪽이 서로 대조되게 하고 싶었어요. 안쪽은 뭐랄까, 살아 있는 것처럼 보이게요." 알 내부의 거품은 "진짜 거품은 아니라"고 보해나는 말한다. 거품들은 작은 아크릴 구슬을 수지 용액 안에 매달아 놓은 것이다. 보해나가 말을 잇는다. "액체 상태에서 고체로 굳는 물질은 크기가 줄거나 늘죠. 우리가 쓴 수지는 구슬에 달라붙지 않고 반대로 피하기 때문에, 놀라울 만큼 실감 나는 거품 효과를 만들었어요." 그 과정에 진주 광택 색소를 더했고, 그것 역시 액체에서 고체로 변하면서 혼합물 속에 "소용돌이"를 만들었다. "우리의 주조 전문가 에이드리언 게틀리가 색소를 정확한 타이밍에 넣어서 소용돌이나 물결무늬를 만들고, 그것이 너무 깊이 내려가기 전에 굳도록 조절했죠."

알은 영화 촬영 중 여러 차례 물속에 들어가야 했기 때문에 완전히 방수 가공했다. 알의 무게는 4.5킬로그램이 넘었다. "조금만 잘못해도 바로 바닥으로 가라앉아버렸어요." 보해나가 말한다. 알이 물속에서 열릴 때 쓰러지지 않도록 대니얼 래드클리프(해리 포터)는 알에 달린 클립에 연결된 투명 플라스틱 클립을 한 손에 찼는데, 그 덕분에 손가락이 자유로워져서 두 손을 쓰지 않고도 알을 다룰 수 있었다.

옆쪽: 〈해리 포터와 불의 잔〉에 나오는 황금 알을 위에서 내려다본 모습. 디자이너 미라포라 미나의 콘셉트 아트.
위: 황금 알 참고 사진. 수지 용액 안에 작은 아크릴 구슬을 넣고 진줏빛 색소와 함께 굳혀서 멋진 거품 효과를 냈다.

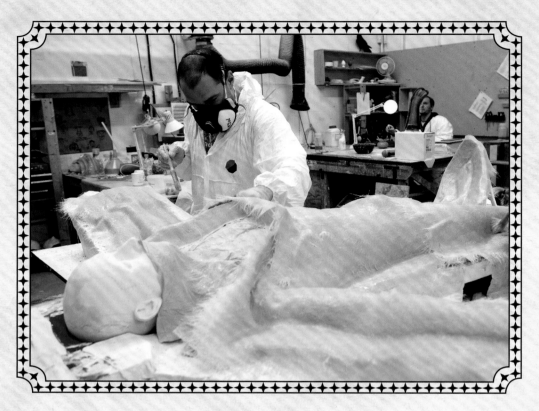

실물 인형

**"어젯밤, 각 챔피언의 보물이 하나씩 도난당했습니다.
그 보물들이 검은 호수 밑에 있습니다."**

—알버스 덤블도어, 〈해리 포터와 불의 잔〉

트리위저드 시합의 두 번째 과제는 혼탁한 검은 호수의 물속에서 이루어진다. 챔피언들은 그곳의 인어 마을에 마법으로 잠든 채 둥둥 떠 있는 소중한 사람을 구해야 한다. "3주나 되는 촬영 기간 동안 배우들을 물탱크 바닥에 묶어둘 수는 없었죠!" 〈해리 포터〉 영화 시리즈의 특수 분장 효과 아티스트 닉 더드먼이 말한다. 이런 이유로 네 배우의 실물 인형이 제작돼 물속 대역으로 쓰였다.

배우의 실물 인형은 영화 제작 초기부터 쓰인 기술이고, 지금은 예전보다 훨씬 자주 사용된다. 복잡한 분장을 하게 될 인공 신체나 스턴트맨이 쓸 배우의 가면이 필요할 때도 이 방법을 쓰고, 오늘날에는 로봇 인형을 만들거나 컴퓨터 작업을 위해서도 실물 인형을 만든다. 더드먼은 다음과 같이 설명한다. "이유는 사실 단순해요. 배우들을 사이버스캔해야 할 때가 많은데 레이저로 사이버스캔을 할 때 사람들은 어쩔 수 없이 약간씩 움직여요. 가만히 있을 수가 없죠. 그래서 배우의 얼굴을 스캐닝 컴퓨터에서 가져오면 윤곽이 뭉개지고 디테일이 흐려져 있어요. 카메라가 움직이면서 스캔하는 동안, 사람은 아주 조금씩이라도 움직이니까요. 하지만 실물 인형을 만들어서 스캔하면 그런 움직임이 전혀 없죠. 그래서 CG 팀이 얻는 스캔 품질이 10배는 좋아집니다."

실물 인형 제작법은 세월이 흐르는 동안 계속 발달했지만 가장 많이 쓰이는 재료는 여전히 치과용 알지네이트다. 먼저 배우의 머리카락을 보호하기 위해 머리에 비닐 모자를 씌운다. 그런 뒤 가루 형태의 알지네이트를 물에 타는데, 이것은 3분이 지나면 고무처럼 탱글탱글해진다. 더드먼이 설명한다. "완전히 굳기 전에 머리 전체와 어깨, 또는 필요에 따라 전신에 알지네이트를 덮어요." 숨구멍도 만든 후에 마를 때까지 알지네이트가 움직이지 않도록 그 위를 석고 붕대로 감싼다. "알지네이트가 다 굳으면 미리 금을 내놓은 곳을 잘라서 배우를 빼내고 조각들을 다시 붙인 뒤, 안에 석고를 넣어서 배우와 똑같은 모형을 만듭니다. 구식이지만 아직 이것을 능가할 방법은 없어요. 석고만큼 풍부한 데이터를 주는 재료는 없거든요. 석고로 작업하면 주근깨, 모공, 주름살 하나까지 깜짝 놀랄 만큼 정교한 정보를 얻을 수 있죠." 그렇게 주형을 만들면 원하는 어떤 재료로도 실물 인형을 만들 수 있다. 그런 뒤에는 그 위에 눈썹과 털과 머리카락을 하나하나 심고 아주 세밀하게 색칠한다. "제대로 하면 이런 인형들은 아주 정교한 대역 배우가 되죠." 더드먼이 결론을 내린다.

주요 배우들은 첫 영화부터 실물 인형을 만들었지만, 〈해리 포터〉 영화의 특성상 어린 배우들이 계속 성장했기 때문에 이에 맞춰 인형도 다시 만들어야 했다. 실물 인형은 내용 진행에 필수적이었다. 〈해리 포터와 비밀의 방〉에서는 비밀의 방에서 풀려난 바실리스크의 눈길에 사람들이 돌처럼 굳어버린다. 콜린 크리비, 저스틴 핀치 플레츨리, 목이 달랑달랑한 닉, 헤르미온느 그레인저가 모두 촬영이 진행되는 내내 꼼짝 않고 눕거나 서 있을 수는 없었기에 실물 인형을 만드는 게 답이었다. (기절한 노리스 부인은 로봇 인형이었다.)

4편에서 수중 장면을 촬영할 때도 똑같이 인형이 필요했지만 론 위즐리, 헤르미온느 그레인저, 초 챙, 플뢰르 델라쿠르의 동생 가브리엘의 인형은 조금씩 움직여야 했다. 그래서 배우들의 실물 인형을 토대로 로봇 인형을 만들고 그 안에 부유 탱크를 넣어, 공기를 넣고 빼는 것으로 인형이 둥둥 떠 있거나 입에서 거품이 나가도록 만들었다. 외부 탱크에서 인형 안으로 물을 펌프해 넣기도 했는데, 그러면 물이 인형의 한 부분에서 다른 부분으로 천천히 움직이며 부드럽고 자연스러운 동작을 만들었다.

캐릭터가 공중에 매달릴 경우에도 실물 인형이 사용됐다. 〈해리 포터와 혼혈 왕자〉에서는 케이티 벨이, 〈해리 포터와 죽음의 성물 1부〉에서는 채러티 벌베이지가 공중에 매달려야 했다. 시각 효과 프로듀서 에마 노턴은 닉 더드먼과 비슷한 말을 한다. "촬영할 때마다 배우를 10시간씩 거꾸로 매달아둘 수는 없잖아요!" 로봇 장치로 만들어진 이 인형들은 몸도 비틀고 고통스러운 표정도 짓는다. 〈해리 포터와 혼혈 왕자〉에서는 덤블도어가 탑에서 떨어져 죽은 뒤 해그리드가 그를 안고 가는 장면을 위해 마이클 갬번의 실물 인형

2개가 제작되었다. 해그리드가 거인 혼혈이기 때문에 덤블도어의 인형은 두 캐릭터의 비율에 맞춰 줄이고 최대한 가볍게 만들어야 했다. 롱숏 장면에서 덩치 큰 해그리드를 연기한 마틴 베이필드는 몸에 무거운 의상과 로봇 장치를 잔뜩 걸치고 있었기 때문이다. 이 장면은 결국 촬영되지 않았지만, 더드먼의 팀은 이것을 준비하면서 얻은 지식으로 〈해리 포터와 죽음의 성물 2부〉에서 해그리드가 안고 가는 작은 해리 포터 인형을 만들었다.

옆쪽: 〈해리 포터와 혼혈 왕자〉 초기 단계 실물 인형들. 알지네이트를 떼어낸 뒤에 고정을 위해 유리 섬유 천으로 감싸두었다가 석고를 넣는다.
왼쪽: 〈해리 포터와 불의 잔〉에 나오는 헤르미온느 그레인저의 실물 인형은 내부에 부유 탱크를 넣어서 물속에 떠 있는 느낌을 주고 입에서 거품도 나오게 했다.
위: 두 번째 과제 장면을 촬영할 때는 4명의 학생이 여러 날 동안 물속에 매달려 있어야 했다. 배우들에게 그런 일을 시킬 수는 없는 노릇이다!
가운데: 〈해리 포터와 죽음의 성물 2부〉에서 해리 포터가 죽었다고 생각한 해그리드가 해리를 안고 호그와트 안뜰로 들어서고 있다.

제 4 장

빗자루

"이것 봐!
최신형 님부스 2000이야.
최고로 빠른 모델이지."

—다이애건 앨리
고급 퀴디치 용품점 앞의 한 소년,
〈해리 포터와 마법사의 돌〉

마법사 세계를 배경으로 한 이야기에 끊임없이 나오는 소품이 하나 있다면 하늘을 나는 빗자루일 것이다. 해리 포터는 빗자루 타기를 배우면서 마법사 세계에 정식으로 들어가게 되고, 마법사들의 인기 스포츠인 퀴디치를 잘하게 되면서 그들에게 사랑받고 또 그들을 사랑하게 된다. 하지만 콘셉트 아티스트, 디자이너, 소품 제작자들은 이 익숙한 사물을 새롭게 만들어야 했다.

〈해리 포터와 마법사의 돌〉에서 호그와트 신입생들이 처음 비행을 배울 때 사용하는 빗자루는 학교만큼이나 오래된 듯 여기저기 옹이가 있고 구부러졌으며 지저분하다. 하지만 빗자루의 생김은 중요하지 않다. 중요한 건 빗자루를 탄 사람의 비행 기술이고, 해리는 처음부터 뛰어난 재능을 보인다. 〈해리 포터〉 이야기 속에서 해리는 빗자루를 얻거나 잃을 때마다 그의 캐릭터와 인간관계를 발전시킨다. 〈해리 포터와 마법사의 돌〉 중 첫 번째 비행 수업에서 해리의 비행 재능을 알아본 맥고나걸 교수는 그가 그리핀도르 퀴디치 팀의 새 수색꾼이 되었을 때 최고의 빗자루인 님부스 2000을 선물하고, 〈해리 포터와 아즈카반의 죄수〉에서 경기를 하던 중 해리가 디멘터 때문에 빗자루를 잃자 시리우스 블랙은 훨씬 더 좋은 빗자루인 파이어볼트를 선물한다. 대부가 선물한 파이어볼트는 두 사람이 새로 맺은 애정 어린 관계를 상징한다.

님부스 2000이나 파이어볼트는 유선형 구조와 깔끔한 솔을 갖춘 정교한 모습이다. 피에르 보해나가 말한다. "그건 그냥 아이들이 들고 다니는 소품이 아니었어요. 그 위에 타야 했으니까요. 비행 장면을 찍기 위해 빗자루를 모션 컨트롤 토대에 올려놓고 이리저리 뒤틀고 돌려야 했기 때문에 가늘면서도 강해야 했습니다." 가벼우면서도 튼튼한 빗자루를 만들기 위해 중심에 항공기급 타이타늄이 사용됐고 그 위에 마호가니 나무가 씌워졌다. 솔 부분에는 자작나무 가지가 사용됐는데, 좋은 빗자루일수록 가지가 매끄러웠다. 빗자루를 더욱 편안하게 탈 수 있도록 3편인 〈해리 포터와 아즈카반의 죄수〉에서는 빗자루에 발을 걸 페달을 달고, 퀴디치 유니폼으로 가려지는 부분에 자전거 안장을 올렸다. (그리고 유니폼 바지의 엉덩이 부분에 패딩을 덧댔다.) 빗자루 위의 자전거 안장은 특별히 주조되었다. 시각 효과 책임자 존 리처드슨은 "배우 1명 1명이 자기 빗자루 위에 앉아 비행 자세를 잡으면, 그 엉덩이 모양을 그대로 떠

80쪽: 불사조 기사 단원인 님파도라 통스의 빗자루 클로즈업.
옆쪽: 대니얼 래드클리프(해리 포터)가 님부스 2000을, 톰 펠턴(드레이코 말포이)이 님부스 2001을 들고 있는 〈해리 포터와 비밀의 방〉 홍보 사진.
옆쪽 바탕: 〈해리 포터와 혼혈 왕자〉에 등장하는 빗자루들의 설계도. 어맨다 레겟과 마틴 폴리 작품.
위: 파이어볼트.
아래. 왼쪽에서 오른쪽: 〈혼혈 왕자〉 촬영 중 프레디 스트로마(코맥 맥클라건), 대니얼 래드클리프, 보니 라이트(지니 위즐리)가 블루스크린에 감싸인 방에서 컴퓨터로 조종되는 장치 위에 놓인 빗자루에 앉아서 "액션" 신호를 기다리고 있다.

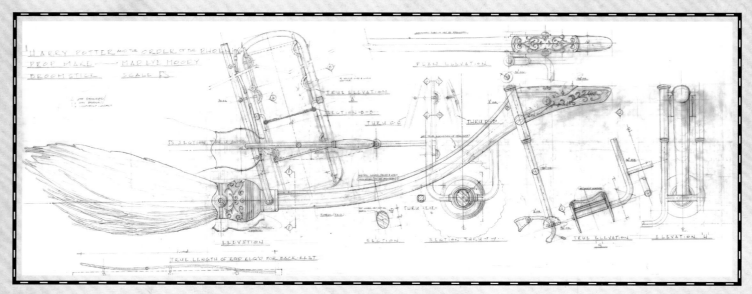

서 빗자루에 장착했"다고 설명한다. "그래서 빗자루를 타는 사람들은 자기 빗자루뿐 아니라 자기 안장도 가지게 되었죠."

〈해리 포터와 불사조 기사단〉에서 불사조 기사 단원들의 빗자루는 각 캐릭터의 특징에 맞춰 디자인됐다. 콘셉트 아티스트 애덤 브록뱅크가 말한다. "스튜어트 크레이그에게 매드아이 무디의 독특한 빗자루를 보여줬어요. 오토바이를 타듯 다리를 앞으로 내밀고 타는 빗자루였죠." 크레이그는 콘셉트를 더 다듬었고, 그들은 몇 차례 수정을 거쳐서 최종 형태를 만들었다. "멋있는 빗자루지만 (영화에) 많이 나오지는 않았어요. 그래도 그가 앉은 모습을 보면 다른 빗자루들과 확연히 다른 게 보이죠."

브록뱅크는 리무스 루핀과 님파도라 통스 등 다른 몇몇의 빗자루도 디자인했다. 루핀의 빗자루는 그의 가난을 반영한 거칠고 엉성한 모습이다. 초기에는 리본 등의 장식물을 단 님파도라 통스의 빗자루는 최종적으로 솔에 색깔이 다른 가지들을 넣은 형태가 되었다. 배우 나탈리아 테나는 그 "지저분한" 모습을 좋아했다. "촬영이 끝나자 사람들은 전부 마법 지팡이를 가져가고 싶어 했어요. 하지만 저는 빗자루를 가지고 싶었죠." 〈해리 포터와 불의 잔〉에서 브록뱅크는 불가리아 퀴디치 팀 수색꾼 빅터 크룸의 빗자루를 디자인했다. "크룸의 빗자루는 특별하게 만들었어요. 그런데 퀴디치 진행이 너무 빨라서 잘 보이지 않죠. 다른 빗자루들보다 더 유선형이고, 위쪽이 평평하며, 아래쪽에는 가시가 있어요. 그리고 위쪽과 아래쪽 색깔이 다르죠."

위: 앨러스터 '매드아이' 무디의 빗자루 설계 도안.
오른쪽 가운데: 빗자루 클로즈업.
오른쪽: 다양한 각도에서 본 무디의 빗자루. 애덤 브록뱅크 작품.
옆쪽, 위에서 아래: 〈해리 포터와 불사조 기사단〉에서 님파도라 통스, 킹슬리 샤클볼트, 앨러스터 '매드아이' 무디가 하늘을 나는 모습. 애덤 브록뱅크 비주얼 개발 그림.

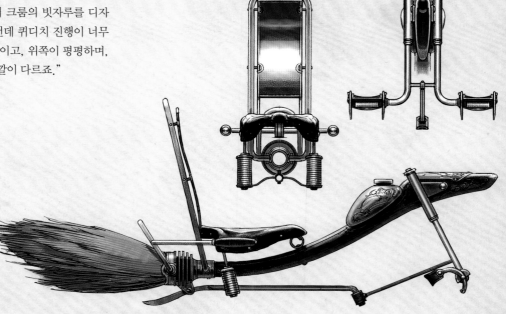

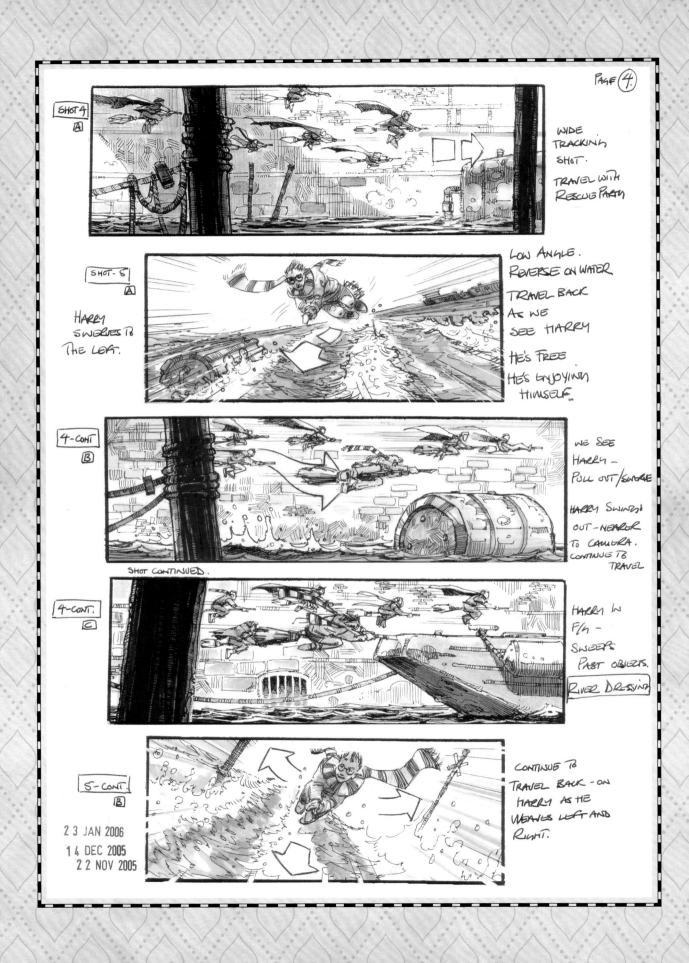

SHOT 4
A

WIDE
TRACKING
SHOT.
TRAVEL WITH
RESCUE PARTY

SHOT-5
A

HARRY
SWERVES TO
THE LEFT.

LOW ANGLE.
REVERSE ON WATER

TRAVEL BACK
AS WE
SEE HARRY

HE'S FREE

HE'S ENJOYING
HIMSELF.

4-CONT
B

WE SEE
HARRY -
PULL OUT/SWERVE

HARRY SWINGS
OUT - NEARER
TO CAMERA.
CONTINUE TO
TRAVEL

SHOT CONTINUED.

4-CONT.
C

HARRY IN
F/G -
SWEEPS
PAST OBJECTS.

RIVER DRESSING

5-CONT.
B

CONTINUE TO
TRAVEL BACK - ON
HARRY AS HE
WEAVES LEFT AND
RIGHT.

2 3 JAN 2006
1 4 DEC 2005
2 2 NOV 2005

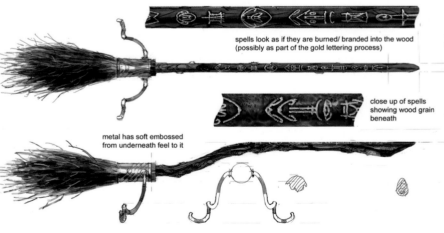

spells look as if they are burned/ branded into the wood
(possibly as part of the gold lettering process)

close up of spells
showing wood grain
beneath

metal has soft embossed
from underneath feel to it

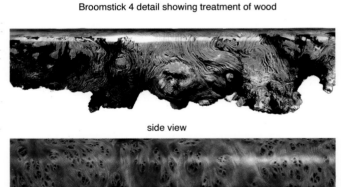

Broomstick 4 detail showing treatment of wood

side view

top view

〈해리 포터와 불사조 기사단〉에서 기사 단원들이 런던 하늘을 날아가는 모습. 애덤 브룩뱅크 그림.

왜: 〈해리 포터와 아즈카반의 죄수〉 중 파이어볼트 빗자루 손잡이의 질감과 마감을 탐색하고, 빗자루 대에 마법 주문 기호를 새겨 넣은 콘셉트 아
스트 더멋 파워의 그림.

쪽: 〈해리 포터와 불사조 기사단〉 중 프리벳가에서 구출된 해리 포터와 불사조 기사 단원들이 빗자루를 타고 템스강을 가로지르는 장면 스토리보드.

　　〈해리 포터와 죽음의 성물 1부〉에서 보다 많은 기사 단원들이 프리벳가에서부터 해리를 호위하는 장면에는 아서 위즐리도 포함되어 있는데, 그래픽 디자이너 미라포라 미나가 디자인한 그의 빗자루는 발걸이 대신 머글 자전거 페달을 달고 일반 안장 대신 자전거 안장을 얹고 있다. (그리고 진짜 자전거처럼 물건을 담을 바구니도 있다.) 처음 나온 아이디어 중에는 안장 2개를 얹어 마법사 2명이 타도록 하자는 것도 있었다. 그 아이디어는 받아들여지지 않았지만, 미나는 여전히 그렇게 만들었다면 어땠을까 생각하곤 한다. "그가 머글 물건들을 좋아하니까 2인승 페달 보트처럼 2인승 빗자루를 개조하고, 옷자락이 빗자루에 걸리지 않도록 다른 머글 물건들을 장치로 사용하지 않았을까 생각해봤죠."

　　〈해리 포터와 죽음의 성물 2부〉에서 론 위즐리는 필요의 방에서 악마의 화염을 피해 달아나려고 거기 숨겨진 빗자루들을 찾아서 해리와 헤르미온느에게 하나씩 던져준다. (헤르미온느가 빗자루에 탄 모습은 시리즈 전체 중 오직 이 장면에서만 나온다.) 애덤 브록뱅크는 이 빗자루들을 직선에 가깝게 만들었지만, 발걸이 대신 섬세한 무늬를 새긴 등자 같은 복잡한 금속 구조를 달았다. 그것들은 외관이 거의 장총과도 비슷하고 안장이 있으며, 2명은 거뜬히 탈 수 있다.

옆쪽: 불사조 기사단이 런던 하늘을 날아가는 장면 스토리보드.
맨 오른쪽: 〈해리 포터와 죽음의 성물 1부〉에 나오는 아서 위즐리의 빗자루. 미라포라 미나 디자인.
오른쪽, 오른쪽 가운데: 〈해리 포터와 죽음의 성물 2부〉에서 콘셉트 아티스트 애덤 브록뱅크가 디자인한 2인승 빗자루.
위: 론 위즐리(왼쪽)와 해리 포터, 드레이코 말포이가 〈해리 포터와 죽음의 성물 2부〉에서 2인승 빗자루를 타고 필요의 방에 난 악마의 화염을 피해 탈출하는 모습. 애덤 브록뱅크 콘셉트 드로잉.
왼쪽 가운데: 프리벳가를 떠날 준비를 하는 불사조 기사단.

AS THE RESCUE
PARTY DROPS
INTO SHOT.

TRAVEL WITH THEM
AS THEY DIVE
TOWARD THE
RIVER.

THE RESCUE
PARTY PULLS AWAY
FROM CAMERA.

제 5 장

먹거리

"호박 파이 2개 주세요."

—초 챙, 〈해리 포터와 불의 잔〉

연회장 만찬

"연회를 시작합시다!"

—알버스 덤블도어, 〈해리 포터와 마법사의 돌〉

〈해리 포터〉 영화 시리즈 중 연회장에 나오는 모든 음식은 소품 팀에서 담당했다. 소품 제작자 피에르 보해나가 말한다. "1편에서 제작진은 중요한 선택을 해야 했어요. 첫 연회 장면은 닷새에서 엿새에 걸쳐 촬영해야 했고 메뉴는 칠면조, 닭다리, 옥수수, 으깬 감자 등이었죠." 선택할 것은 실제 음식과 모형 중 어느 쪽이 비용 대비 더 효과적이냐는 것이었다. 크리스 콜럼버스 감독은 진짜 음식을 쓰기를 원했다. 소품 감독인 배리 윌킨슨이 말한다. "콜럼버스 감독은 모조품을 싫어했어요. 그래서 우리는 먼저 어떻게 450명의 학생들을 먹일까를 고민했죠. 조명 때문에 음식이 쉽게 상해서 계속 바꿔줘야 했어요." 그런 이유로 세트 주변에 이동식 부엌 4개가 설치되었다. 보해나가 말한다. "그렇게 사흘 동안 촬영했더니 엉망이 되었어요. 아무도 실제로 먹지 않아서 음식이 그대로 남았죠. 따뜻하고 먹음직스럽게 유지하기는 힘들었고, 고약한 냄새가 났어요." 세트 장식가 스테파니 맥밀란도 동의한다. "음식이 얼마나 끔찍해졌는지 말도 못해요."

하지만 이 방식은 2편에서도 이어졌다. 보해나가 말한다. "메인 요리가

있는 대연회 장면이 없었거든요. 식사가 끝날 무렵의 장면이 나왔죠. 그래서 푸딩 같은 후식을 많이 만들었어요." 〈해리 포터와 아즈카반의 죄수〉에서 알폰소 쿠아론이 감독이 되면서 음식은 모형으로 바뀌었지만, 때로는 진짜 음식을 사용했다. 〈해리 포터와 불사조 기사단〉의 슈크림 케이크는 진짜 견과와 슈크림으로 만들어졌지만, 그 위에 뿌린 초콜릿 소스는 소품 팀에서 만든 것이어서 전혀 먹을 수 없었다.

90쪽: 〈해리 포터와 마법사의 돌〉의 연회장 모습. 400여 명의 학생이 30미터 길이 테이블에서 식사했다.

옆쪽: 〈해리 포터와 마법사의 돌〉에서 해리 포터가 그리핀도르 기숙사에 배정된 뒤 연회장의 첫 연회에 참석한 모습. 왼쪽에서 오른쪽으로 네빌 롱바텀(매슈 루이스), 헤르미온느 그레인저, 해리 포터, 퍼시 위즐리(크리스 랭킨), 리 조던(루크 영블러드).

위, 아래: 그래픽 팀에서 디자인한 호박 주스 병과 라벨.

연회장의 아침 식사

"제품에 문제가 있으면,
부엉이를 통해 반송해주세요."

—픽시 퍼프스 시리얼 상자에 적힌 문구,
〈해리 포터와 아즈카반의 죄수〉

마법사 세계에서도 하루 중 가장 중요한 식사는 아침이다. 다른 모든 식사처럼 아침 식사도 연회장에 차려지는데 토스트와 버터, 돼지머리 모양 꼭지에서 나오는 우유와 주스가 있다. 크레이지베리 잼, 금지된 숲의 꽃 꿀, 호그와트 집요정이 만든 오렌지 과육 마멀레이드 병에는 유통 기한(물고기자리의 6월)이 표시된 라벨이 붙어 있다. '치어리 아울스', '픽시 퍼프스' 같은 마법사 시리얼 브랜드도 보인다. 그래픽 디자이너들은 사은품, 광고 문구, 성분 목록까지 담긴 시리얼 상자를 디자인했다. (허니듀크에서 제조한) 픽시 퍼프스는 치아에 아주 좋지 않다. 설탕, 포도당 과당 시럽, 아프리카 꿀, 포도당 시럽, 당밀, 마법 니아신, 철분, 섬유질, 리보플라빈, 초코, 픽시 가루 성분으로 제조되었기 때문이다.

위: 〈해리 포터와 혼혈 왕자〉에서 그리핀도르 파수꾼으로 첫 퀴디치 경기에 나서는 론이 경기 전 아침 식탁에서 잘 먹지 못하자, 맞은편에 앉은 지니 위즐리, 해리 포터, 헤르미온느 그레인저가 론을 격려하고 있다.
오른쪽: (스크릿 오일을 새롭게 첨가한) 치어리 아울스 마법 시리얼 상자의 앞면과 뒷면.
왼쪽: 돼지머리 모양 뚜껑이 달린 오렌지 주스 병.
옆쪽: 〈해리 포터와 혼혈 왕자〉에서 연회장에 차려진 푸짐하고 건강에 좋은 아침 식사.

식당과 술집

"리키 콜드런! 완두콩 수프를 조심해!"
—구조 버스의 말하는 머리, 〈해리 포터와 아즈카반의 죄수〉

〈해리 포터와 마법사의 돌〉에서 해리 포터는 글자 그대로 리키 콜드런을 통과해 마법사 세계로 들어간다. 마법사들이 버터 맥주나 뱀장어 피클 등을 사 먹는 술집인 리키 콜드런은 여관도 겸하고 있어서, 〈해리 포터와 아즈카반의 죄수〉에서 해리가 거기 머물다가 위즐리 가족을 만나기도 한다. 해리는 같은 영화에서 호그스미드에 있는 술집인 스리 브룸스틱스도 방문하는데, 그곳은 〈해리 포터와 불사조 기사단〉과 〈해리 포터와 혼혈 왕자〉에도 등장한다. 아늑하고 친근한 이 술집들은 비밀 대화나 안전한 이동을 보장하기도 한다. 〈해리 포터와 불사조 기사단〉에서 덤블도어의 군대는 호그스미드에 있는 허름한 술집 호그스 헤드에서 만난다. 〈해리 포터와 죽음의 성물 2부〉에서는 알버스 덤블도어의 동생 애버포스가 그곳을 운영한다는 사실이 밝혀진다.

이런 술집들에서 판매하는 버터 맥주 등의 여러 음료 병과 술통은 그래픽 팀에서 라벨을 붙였다. 그래픽 팀은 몇 가지 위스키, 꿀술, 음료수들의 브랜드를 만들어냈다. 스리 브룸스틱스에서는 블랙캣 감자 칩과 자체 제조 브랜드인 스펠바인딩 땅콩 같은 간단한 음식도 판매한다.

위: 다이애건 앨리의 리키 콜드런(깨진 솥)의 간판은 이름만큼이나 독특하다.
아래: 버터 맥주 통과 백랍 잔, 하루의 마지막 주문을 알리는 작은 종.
옆쪽 위: 〈해리 포터와 불사조 기사단〉에서 손님들을 위해 테이블을 차려놓은 스리 브룸스틱스 참고 사진.
옆쪽 아래: 그래픽 팀에서 만든 몇몇 스리 브룸스틱스 상품의 라벨.

"난 옛날부터 이 술집 단골이었어.
술집과 내가 같이 늙어가는 거지!"
—호레이스 슬러그혼, 〈해리 포터와 혼혈 왕자〉

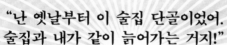

버로우의 음식들

몰리 위즐리는 스웨터와 목도리만 뜨지는 않는다. 잼도 만드는 몰리는 거기에 '기막힌 마멀레이드', '딸기 잼', '집에서 만든 냠냠 꿀' 같은 라벨을 붙인다.

오른쪽: 몰리 위즐리가 집에서 만든 잼의 라벨들. 그래픽 팀은 몰리의 뜨개질 옷처럼 소박한 수공예 느낌을 주었다.
위: 〈해리 포터와 혼혈 왕자〉에 나오는 버로우의 크리스마스 파티 식탁. 죽음을 먹는 자들에게 공격받기 전이다.
옆쪽, 오른쪽과 왼쪽 아래: 〈해리 포터와 죽음의 성물 1부〉에서 해리와 론, 헤르미온느가 방문한 루치노 카페의 상품 라벨과 메뉴. 미라포라 미나와 에두아르도 리마 제작.
옆쪽, 왼쪽 위와 왼쪽 가운데: 루치노 카페 세트 참고 사진들.

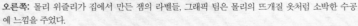

머글 세계의 음식

<해>리 포터와 죽음의 성물 1부〉에서 빌 위즐리와 플뢰르 델라쿠르의 결혼식에 죽음을 먹는 자들이 들이닥치자 해리 포터, 헤르미온느 그레인저, 론 위즐리는 (미라포라 미나의 아들의 이름을 따서 지은) 루치노 카페에 숨는다. 그래픽 아티스트들은 가게에서 파는 음료의 라벨을 디자인했는데, 오렌지 탄산 음료수 리마 러시처럼 개인적 취향을 분명히 드러내는 것들도 포함되어 있다.

호그와트 급행열차 손수레의 과자들

"뭐 필요한 거 없니?"
"전부 살게요."

—열차 내 간식 판매원과 해리 포터, 〈해리 포터와 마법사의 돌〉

〈**해**리 포터〉영화에서 기억에 남는 소품으로 사탕과 과자를 빼놓을 수 없다. 〈해리 포터와 마법사의 돌〉에서 J.K. 롤링은 해리가 온갖 과자와 사탕을 사게 하는데, 이 일을 계기로 호그와트로 가는 첫 급행열차에서 론 위즐리와 친해진다. 개구리 초콜릿에 딸린 유명 마법사 카드는 알버스 덤블도어였는데, 그 카드의 그림은 마법 세계에서 흔한 움직이는 이미지 대신 3D 홀로그램에 사용되는 은박지로 제작되었다.

오른쪽: 〈해리 포터와 마법사의 돌〉과 〈해리 포터와 불의 잔〉의 호그와트 급행열차에서 파는 사탕들은 허니듀크의 제품들이다. 이 사실은 〈해리 포터와 불의 잔〉에서 밝혀진다.
옆쪽 왼쪽: 미라포라 미나의 '픽 엔 트릭스' 허니듀크 포장 상자 비주얼 개발 그림. 처음에는 평평하지만 안에 내용물이 늘어나면 점점 위로 올라간다.
아래, 옆쪽 아래, 102~103쪽: 〈해리 포터와 아즈카반의 죄수〉 촬영을 위해 소품 팀에서 만들고 그래픽 팀이 라벨을 붙인 허니듀크의 수백 가지 사탕 모습. 헤르미온느 그레인저의 치과 의사 부모님이 보면 기겁할지 모른다.

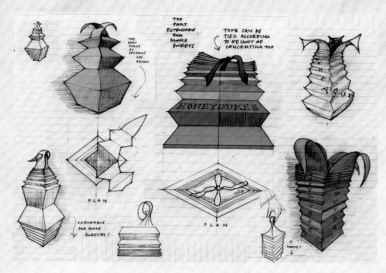

허니듀크

"허니듀크 사탕 가게는 환상적이야."

―론 위즐리, 〈해리 포터와 아즈카반의 죄수〉

3학년 학생들이 호그스미드 첫 나들이를 갈 때의 하이라이트 중 하나는 허니듀크 방문이다. 그 사탕 가게의 진열대에는 온갖 종류의 사탕, 케이크, 초콜릿이 가득하다. 소품 팀은 해골 사탕, 폭발 사탕, 감초 마법 지팡이, 리마스 괴물 방울 드롭스 등을 무수히 만들었다. 소품 팀은 〈해리 포터와 아즈카반의 죄수〉의 감독 알폰소 쿠아론이 멕시코 출신이라는 것에 착안해 '칼라베라'라고 하는 해골 사탕과 멕시코 전통 명절인 '죽은 자의 날' 장식도 곁들였다. 배우들에게는 촬영 전에 사탕이 상하지 않도록 래커를 칠해놓았다고 말했는데, 어린 배우들이 허니듀크 물건을 훔치거나 먹지 않도록 하기 위한 거짓말이었다.

FIERY
BLACK
PEPPER
IMPS

FIERY
BLACK PEPPER IMPS

Jelly Slugs

ZEBRA HOOFS

CAULDRON CAKES

PUMPKIN PASTIES

Explosive FAIRY DUST

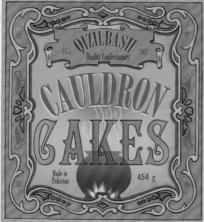

QIZILBASH
1875 2003
Quality Confectionary
CAULDRON CAKES
Made in Pakistan
454 g

POWDERED PORCUPINE

HONEYDUKES

Shaved Caterpillars
Snot Flavour

DRAGON CLAWS

hocus pocus pops

EAT ME

트리위저드 시합
환영 연회

**"당분간 이 성에는 아주 특별한
손님들이 묵게 됐습니다."**

―알버스 덤블도어, 〈해리 포터와 불의 잔〉

스테파니 맥밀란은 말한다. "연회는 전에도 해봤죠. 하지만 이렇게 디저트가 많이 필요한 연회는 처음이었어요." 호그와트는 〈해리 포터와 불의 잔〉에서 트리위저드 시합을 위해 그곳을 찾은 보바통과 덤스트랭 마법학교 학생들을 환영하는, 초콜릿 애호가의 꿈이 실현된 듯한 파티를 개최한다. "그 파티가 여태까지 열린 다른 연회들과는 다르기를 바랐어요. 초콜릿이 어린 학생들의 파티에 잘 어울릴 거라고 생각했죠." 맥밀란은 이렇게 결정하게 된 숨은 동기를 털어놓았다. "어린 배우들이 좋아할 것 같았어요. 칠면조나 소고기 구이는 너무 많이 봤으니까요. 그리고 무언가를 극한까지 추구해보는 건 재미있는 일이죠." 맥밀란은 (트리위저드 시합이니까) 화이트 초콜릿, 밀크 초콜릿, 다크 초콜릿의 3가지 색깔을 염두에 두고 장면을 디자인했다. 많은 음식이 다양한 방식으로 이 3가지 색깔을 모두 담았는데, 마이크 뉴얼 감독은 전체적인 분위기를 살펴보고 맥밀란에게 단조로움을 깰 다른 색깔들도 넣어달라고 요청했다. 맥밀란이 말한다. "처음에는 초콜릿 밀크셰이크도 넣으려고 했는데 조금 지나친 것 같았어요. 그래서 맑은 분홍색 음료를 놓고 분홍색 사탕도 조금 놓았죠." 이와 더불어 맥밀란이 1편부터 사용한 금색 접시와 컵, 순가락과 포크가 색채를 다양하게 만들었다.

다양한 후식 목록에는 영국의 전통 후식과 마법사스러운 후식이 포함됐

다. 소품, 미술, 세트 장식 팀이 모두 이 일에 협력했다. 프로덕션 디자이너 스튜어트 크레이그와 맥밀란은 우선 음식의 모양이 테이블에서 어떻게 보일지를 살폈다. 맥밀란이 말한다. "음식을 높다랗게 쌓았을 때 어떻게 해야 모양이 예쁘게 나올까를 연구했어요. 아이들이 식탁에 앉으면 음식은 방 한구석의 컴컴한 덩어리들처럼 되거든요." 이 문제를 극복하기 위해서 다단 케이크, 슈크림 케이크, 아이스크림 탑이 테이블에 죽 놓였다. 어떤 음식을 실제로 만들고, 어떤 음식을 모형으로 할지 결정하는 일에는 현실성이 작용했다. 맥밀란이 설명한다. "녹아내리지 않는 것은 실제 음식으로 만들 수 있지만 녹는 것은 그럴 수 없었어요." 그래서 실제 초콜릿도 많이 사용했지만 수지로 만든 음식도 많았다. 맥밀란은 뭐가 진짜인지 관객이 구별하기는 쉽지 않을 거라고 느꼈다. "접시 위의 작은 초콜릿들이 진짜가 아니라는 걸 알아보기는 아주 어려울 거예요. 피에르 보해나의 팀은 진짜 같은 음식을 아주 잘 만들거든요. 관객들은 깜박 속을 거예요. 하지만 그 위에 놓인 견과들은 진짜예요."

위: 〈해리 포터와 불의 잔〉에서 트리위저드 시합에 참가한 보바통과 덤스트랭 학생들 환영 연회를 위해 세트 디자인과 소품 제작 팀은 〈해리 포터〉 시리즈 최초로 디저트 메뉴를 선보였다.
옆쪽: 세트 디자이너 스테파니 맥밀란은 이따금 보이는 분홍색 요소들과 연회장의 금색 식기로 밀크, 다크, 화이트 초콜릿 색상 배합에 활기를 더했다.

맥밀란이 특히 좋아한 디저트는 '슈크림 케이크'였는데, 진짜 슈크림을 쌓아 올린 뒤에 가짜 초콜릿 소스를 뿌려 완성한 작품이었다. 또 하나는 테이블에 쪼르르 놓인 작은 흰색 초콜릿 생쥐였다. (분홍색도 가끔 있었다.) "이건 1000개로 시작했어요. 어린 배우들이 먹을 수도 있다고 생각해서요." 맥밀란이 털어놓았다. 다른 디저트들도 동물과 자연에서 아이디어를 얻었다. 개구리 초콜릿은 반짝이는 크림 케이크 위에 앉아 있다. 토끼가 들어간 신사 모자 모양 케이크는 진짜 신사 모자로 형을 떠서 만들었다. (토끼까지 형을 뜨지는 않았다.) 맥밀란이 말한다. "처음에 모자 케이크를 16개 만들었는데, 모두 아주 좋아해서 마지막에는 64개가 되었어요. 〈해리 포터〉 영화에서는 모든 게 대량이에요. 한두 개로는 어림없죠. 늘 수백 개예요." 호박 케이크는 해그리드의 정원에 소품으로 쓴 호박으로 형을 떠서 만들었다. 상석 테이블에는 불사조 장식 케이크들이 놓였다. 처음에는 호그와트의 네 기숙사를 상징하는 케이크를 만들려고 했지만, 디자이너들은 덤블도어 근처에 그의 불사조 펑스를 표현한 케이크를 몇 개 놓는 게 더 간단하다고 결정했다.

이중 특히 놀라운 것은 아이스크림콘 탑이다. 맥밀란이 웃으며 말한다. "이 아이스크림은 녹지 않아요! 마음에 드는 콘 모양을 발견해서 형을 뜨고, 소품 팀이 그것으로 멋지게 작업했죠. 실제로는 아주 무겁지만 덕분에 공간에 활기가 더해졌어요." 〈해리 포터와 아즈카반의 죄수〉의 파티에서 그와 비슷한 것을 만들었던 피에르 보해나는 그 기술을 더욱 발전시켜서 활용했지만, 안타깝게도 전혀 먹을 수 없었다. "샌드블래스팅에 쓰는 유리 가루하고 수지를 결합해서 만들었어요. 그 유리 가루들이 멋진 광채를 내죠. 예쁘게 반짝거리고 아이스크림 같은 느낌을 줍니다. 우리는 아주 여러 가지 방법을 개발했어요. 무언가를 본뜨려면 그것을 대량으로 구매해서 연구하고 생각하죠. 어떻게 해야 이런 느낌, 이런 모습을 만들 수 있을까 하고요. 성공하기 위해서는 당연히 많은 아이디어와 실험을 거쳐야 해요." 파티 음식이 모두 결정되고 디자인이 완성되자, 소품 팀은 파티에 참석할 수백 명을 위해 음식 수백 개를 제작해야 했다. 맥밀란이 말한다. "온갖 종류의 케이크가 있었고, 마이크 뉴얼이 요청한 젤리 커스터드도 있었어요. 화려한 리본 케이크 하나는 자르면 안에 든 진한 럼 초콜릿이 흘러나오도록 만들었죠. 뭐, 그렇게 되라고 바라면서 만들긴 했어요!"

양쪽: 1000개도 넘는 흰색 (가끔씩 분홍색) 생쥐가 호그와트 테이블에 차려진 젤리 커스터드, 슈크림 케이크, 토끼가 든 신사 모자 케이크 사이에 구불구불 놓여 있다. 디저트들의 높이가 다양해지도록 '안 녹는 아이스크림' 탑 80개가 케이크와 푸딩 사이에 놓였다. 콘에 담긴 '안 녹는' 소프트 아이스크림 역시 높이가 제각각이다.

크리스마스 무도회 만찬

**"크리스마스 무도회는 트리위저드 시합이
생긴 이후로 계속돼온 전통입니다."**

—미네르바 맥고나걸, 〈해리 포터와 불의 잔〉

세트 장식가 스테파니 맥밀란은 〈해리 포터와 불의 잔〉에서 두 번의 만찬을 치렀다. 하나는 환영
연회고, 또 하나는 트리위저드 시합 크리스마스 무도회다. 맥밀란은 다시 한 번 새로운 음식을
찾았다. "이번에는 해물이 맞을 것 같았어요. 그때까지 나온 적이 없었으니까요."〈해리 포터〉 1편에서
진짜 음식을 사용해본 맥밀란은 이번에는 음식 대부분을 수지로 만들었다. 맥밀란의 팀은 가짜 생선을
만들기 위해 런던의 유명 수산시장 빌링스게이트에서 많은 바닷가재와 게, 새우, 조개를 사 왔다. 그중
일부는 수지 주형을 만드는 데 사용했지만, 일부는 파티에 실제로 쓰였다. 하지만 그것들은 스튜디오의
조명에 상하지 않도록 특수 처리를 해서 먹을 수 없었고, 냄새도 나지 않았다.

위, 아래: 〈해리 포터와 불의 잔〉의 크리스마스 무도회 만찬. **바탕:** 테이블의 얼음 조각 장식 위치와 높이에 대한 메모.
옆쪽: 수지로 만든 얼음 조각 앞에 놓인 수지 조개와 약간의 진짜 조개가 새로운 유형의 호그와트 파티를 보여준다. 피에르 보해나와
소품 팀이 만든 투명한 얼음 조각은 브라이턴의 로열 파빌리온과 유사하다.

마법사 음악

크리스마스 무도회에서는 두 악단이 연주를 한다. 무도회의 시작과 함께 챔피언들은 플리트윅 교수가 지휘하는 학생 오케스트라의 음악에 맞춰 왈츠를 춘다. 오케스트라가 연주하는 수지로 만든 투명 악기는 연회장을 장식한 얼음 조각들과 잘 어울린다. 호그와트 오케스트라 단원을 연기한 사람들은 에일즈버리 뮤직 센터 브라스밴드의 11~19세 단원들이다. 이후에는 마법사 록 밴드가 무대에 오른다. 피에르 보해나가 말한다. "밴드의 악기를 전부 만들었어요. 3.6미터 높이 백파이프하고 투명한 대형 심벌즈. 키보드, 기타, 드럼이었죠. 실제로 작동하지는 않지만 그럴 듯해 보였어요." 밴드는 커다란 크롬 확성기 벽 앞에서 공연한다. 프로덕션 디자이너 스튜어트 크레이그는 "그 밴드로 파티 분위기를 만들려고 했"다고 말한다. "그런데 호그와트에는 전기가 없거든요. 그래서 모든 것이 증기로 움직이죠!"

오른쪽: 악기들과 같은 투명 수지로 만든 얼음 악보대가 학생 오케스트라를 기다리고 있다. "그 위에 백색 조명을 비추면 분홍색이 되었기 때문"에 수지에 조명을 비추기가 어려웠다고 피에르 보해나는 말한다. 결국 조명 젤이 얼음의 푸르스름한 색을 만들었다.

가운데: 플리트윅 교수(워릭 데이비스)가 마법사 록 밴드를 소개하고 있다. 플리트윅이 공연 중간에 객석으로 몸을 던져서 파도를 타는 장면은 데이비스의 아이디어였다. 아무도 그에게 그런 일을 시키지 않을 것 같았기 때문이다!

위, 왼쪽에서 오른쪽: 플리트윅 교수, 밴드 펄프의 베이시스트 스티브 매키와 보컬 자비스 코커, 라디오헤드의 기타리스트 조니 그린우드, 애드 엔 투 엑스(Add N to [X])의 백파이퍼 스티븐 클레이던이 크리스마스 무도회에서 음악을 연주하고 있다. 마이크 뉴얼 감독은 학창 시절의 댄스파티처럼, 격식을 차린 춤으로 시작해서 "나중에는 머리를 풀어헤치고 정신없이 노는" 분위기를 만들고자 했다.

옆쪽 위: 넥이 3개 달린 조니 그린우드(오른쪽)의 기타가 트리위저드 시합과 잘 어울린다. 그 옆의 스티븐 클레이던은 황당한 비율의 백파이프를 연주하고 있다.

옆쪽 아래: 100개의 확성기 앞에서 공연하는 마법사 밴드. 이 장면은 일정 막바지에 촬영되어서 배우와 제작진은 긴장을 풀고 촬영할 수 있었다.

위즐리가 결혼식

"아직 추적 마법이 걸려 있잖아. 결혼식도 있고."

— 론 위즐리, 〈해리 포터와 죽음의 성물 1부〉

〈해리 포터와 죽음의 성물 1부〉에서는 혼란스러운 사건들이 들이닥치기 전에 위즐리가의 장남 빌과 보바통 트리위저드 챔피언 플뢰르 델라쿠르의 밝고 행복한 결혼식이 열린다. 손님들은 거대한 천막 안에서 춤추고 대화하며 접시에 놓인 군침 도는 과자를 먹는데, 작고 예쁜 케이크와 과자 들은 대부분 실리콘 고무로 만든 것이었다. 스테파니 맥밀란이 말한다. "먹는 연기를 해야 하는 사람들 앞에는 진짜 음식을 놓았어요. 고무 음식은 장식에도 적합했지만, 천막이 망가지고 손님들이 달아나는 장면 때문에도 필요했죠." 맥밀란은 작은 케이크들을 어떤 크기로 만들지 몇 번 시도해봐야 했다고 말한다. "〈해리 포터〉 영화에서는 대체로 물건들이 실물보다 크기 때문에 처음에는 케이크를 아주 크게 만들었어요. 그래서 다시 만들어봐야 했죠." 영화 시리즈에서 진짜 음식을 만들었던 가정학자가 백조 머랭을 만들기 위해 돌아왔다. 맥밀란이 말한다. "아주 예뻤지만 여전히 너무 컸어요. '내가 원하는 크기가 아니에요'라고 말하기가 힘들었죠." 하지만 소품 팀은 곧 맥밀란이 원하는 작은 크기의 케이크를 만들 주형을 받아 케이크 4000개를 제작했다. 피로연 음식은 3층짜리 디저트 스탠드에 놓았다. 맥밀란이 골동품점에서 본 유리 스탠드를 '잘 깨지는' 투명 아크릴 수지로 재현한 것이었다.

결혼식에서 가장 중요한 음식이 케이크라는 점은 위즐리가의 결혼식에서도 예외가 아니었다. 플뢰르 델라쿠르가 프랑스 출신이기 때문에 결혼식 장식은 전체적으로 프랑스풍이었다. 맥밀란은 케이크의 아이싱에 '트레이야주'라고 불리는 18세기 프랑스 정원의 쇠창살 아치 무늬를 새기기로 했다. 정교한 스탠드에 올린 4층 케이크를 감싼 그 디자인은 먼저 종이에 디자인했다가 컴퓨터로 옮겨서 형판을 만들었다. "그 방법으로 시간을 많이 절약했어요. 케이크를 만들 시간이 많지 않았거든요." 보해나가 말한다. 트레이야주를 먹을 수 없는 물질로 만든 것은 배우들이 조금씩 뜯어먹는 것을 막기 위해서가 아니라, 진짜 아이싱을 쓰면 그 무게가 케이크 크기에 비해 너무 무거워지기 때문이었다. "실제 케이크 부분은 고전적인 모양이지만 비율이 굉장히 늘어났어요. 스튜어트 크레이그가 아주 크고 길쭉한 케이크를 만들려고 했거든요."

케이크 디자인이 끝났을 때, 스테파니 맥밀란은 죽음을 먹는 자들이 습격해서 결혼식 손님들이 놀라 달아날 때 누가 케이크에 빠지면 좋겠다는 생각을 했다. 보해나가 말한다. "그래서 갑자기 사람이 빠지면 크림과 빵이 사방으로 튀는 소품 케이크를 연구해봤죠. 그런데 그 일은 불가능해 보였어요. 케이크 각 층 밑바닥의 크림 아이싱이 너무 가벼워서 10킬로그램이 넘는 케이크 무게를 지탱할 수 없었거든요." 그러나 〈해리 포터〉 소품 팀은 이 작업이 불가능하다고 보지 않았다. "우리는 그 일이 가능하도록 만들었어요. 케이크를 발포 폼으로 만들고, 그 안에 아주 가벼운 폼 튜브와 스폰지 케이크와 크림을 채웠죠. 그런 뒤에 실제로 스턴트맨이 거기 떨어지는 장면을 촬영까지 했지만, 격렬하고 공포스러운 분위기에 어울리지 않는 코믹한 느낌이 들어서 결국 쓰지 않았죠." 하지만 보해나는 그 노력이 낭비였다고는 생각하지 않는다. "우리는 또 한 가지 방법을 배웠어요. 그게 언제 다시 필요할지는 모르는 일이죠."

위: 헤르미온느 그레인저의 구슬 장식 핸드백.
가운데: "잘 깨지는 재료"로 제작된 3층짜리 스탠드에 고무로 만든 에클레어, 타르트, 백조 머랭이 담겨 있다. 이것들은 죽음을 먹는 자들이 빌 위즐리와 플뢰르 델라쿠르의 결혼식에 난입했을 때 모두 안전하게 부서졌다.
왼쪽: 소품 팀이 수천 개의 미니 케이크, 사탕, 초콜릿을 준비하고 있다. 모두 제각각 만들어져 똑같은 모양이 하나도 없다.
바탕: 테이블에 놓인 프랑스식 유리 촛대 설계도(줄리아 드호프). 촛대 기둥은 고무와 잘 부서지는 유리로 만들어졌다. 전기 젤리 조명 "촛불"은 실제로 배우들의 얼굴에 빛을 비추었다.
옆쪽 왼쪽: 에마 베인의 트레이야주 케이크 스케치. 섬세한 아이싱 디자인의 비율과 배치를 볼 수 있다.
옆쪽 오른쪽: 완성된 케이크. 스탠드마다 설탕을 입힌 작은 과일들이 놓였고, 아래쪽에는 파손 위험이 있으니 손대지 말라는 경고문이 붙었다.

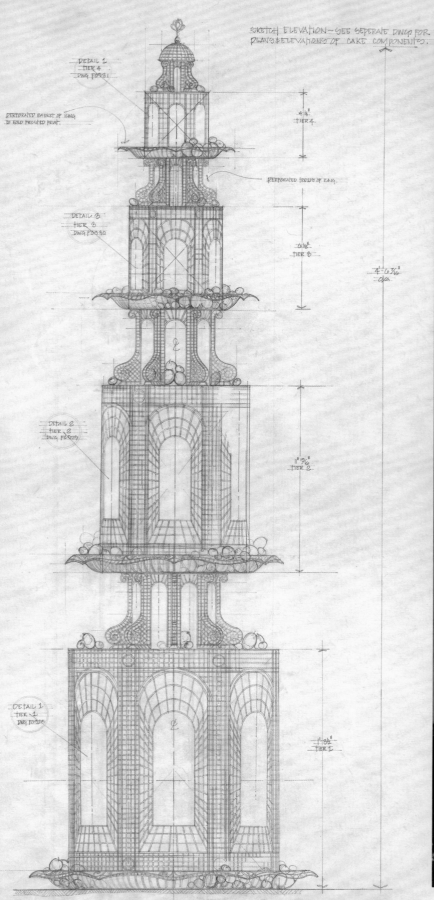

제 6 장

인쇄물

"교과서 394쪽을 펴라."

— 세베루스 스네이프, 〈해리 포터와 아즈카반의 죄수〉

"이름을 불러서는 안 될 그 사람이 돌아오다."

—《예언자일보》의 제목, 〈해리 포터와 불사조 기사단〉

신문들이 소용돌이치다가 느려지면서 중요한 소식의 헤드라인을 드러내는 시각 효과는 영화에서 흔히 쓰인다. 〈해리 포터〉 영화의 신문과 잡지는 이 익숙한 관행을 따르면서도 거기에 독특한 변화를 주어서, 신문 헤드라인 밑에 움직이는 이미지를 쓰는 방법으로 내용을 진행시키거나 중요 정보를 강조한다. 중요한 내용 전개 장치인《예언자일보》와《이러쿵저러쿵》은 어둠의 세력이 일어나고, 해리 포터 무리가 거기 맞설 때 여론이 어떻게 움직이는지를 보여준다.

114쪽: 〈해리 포터와 죽음의 성물 1부〉에서 죽음을 먹는 자들의 습격으로 망가진《이러쿵저러쿵》의 편집자 제노필리우스 러브굿의 인쇄기.

왼쪽: 그리몰드 광장 12번지에서 열린 불사조 기사단 회의에서 해리 포터가 론 위즐리와 리무스 루핀(데이비드 슐리스) 맞은편에 앉아《예언자일보》최신호를 읽고 있다.

오른쪽: 마법사 세계의 잡지로는 루나 러브굿의 아버지 제노필리우스 러브굿이 발간하는《이러쿵저러쿵》(〈해리 포터와 죽음의 성물 1부〉와 〈2부〉에 등장한 발행분)과 〈해리 포터와 혼혈 왕자〉에서 론 위즐리의 침대맡 테이블에 놓여 있던 퀴디치 잡지《주간 수색꾼》등이 있다.

옆쪽: 〈해리 포터와 죽음의 성물 1부〉 도입부에서 점점 거세지는 머글 혐오 사건을 보도하는《예언자일보》.

118~119쪽: 디지털로 만들 기사와 사진의 복잡한 배치와 움직임을 설명하는 〈해리 포터와 불사조 기사단〉 속《예언자일보》스토리보드.

예언자일보

"잠깐만요. 《예언자일보》에 낼 사진입니다."
—《예언자일보》 사진 기자, 〈해리 포터와 비밀의 방〉

주인공이 시리즈의 모든 편에 나오듯 주인공 소품 중에도 그런 것이 있다. 《예언자일보》는 이야기 진행의 중요 요소이자 마법 세계 제일의 종이 신문으로서 모든 편에 빠지지 않고 등장한다. 신문의 이미지가 움직인다는 설정은 영화 제작 초기부터 알려져 있었기 때문에, 그래픽 디자이너 미라포라 미나와 에두아르도 리마는 그것과 활자가 어우러지는 방법을 고민해야 했다. 미나가 말한다. "처음에는 글자도 함께 움직여볼까 생각했어요. 그래서 몇몇 기사를 소용돌이 꼴이나 이런저런 모양으로 만들어봤죠." 5편까지 《예언자일보》는 글이 실린 모양 자체가 스토리와 관련된 경우가 많았다. 〈해리 포터와 아즈카반의 죄수〉에서 위즐리 가족의 이집트 여행 기사는 피라미드 형태고, 〈해리 포터와 불의 잔〉에 실린 해리 포터와 트리위저드 컵에 대한

리타 스키터의 기사는 컵 모양이다. 미나가 만든 신문의 헤드라인 서체는 프로덕션 디자이너 스튜어트 크레이그가 영화의 건물들에 활용한 고딕 스타일을 반영했다. 다른 서체들은 고서적과 19세기 광고, 옛 서간 등에서 따왔지만 "실제 기사 내용을 읽을 수 없는 서체를 써야" 했다고 미나는 덧붙인다. 디자이너들은 처음에는 아이디어 차원에서 움직이는 이미지를 스케치해 넣어서 시각 효과 팀에 보냈다. 리마는 "승인을 받기 위해서"였다고 말한다. "하지만 그러면 '좋네요, 그런데 그 이미지를 쓰진 않을 거 같아요'라는 답이 왔어요." 그래서 미나와 리마는 얼마 후부터는 큰 글씨로 '그림 자리'라고만 써서 보냈다. 디자인을 확정해서 마침내 인쇄한 신문의 이미지 자리에는 당연히 그린스크린 재료가 있었다.

PUSH IN TO PICTURE OF DELORES UMBRIDGE ON FRONT PAGE OF NEWSPAPER.

(3)D. SHOT CONTINUES.

WE PUSH INTO MOVING PHOTO OF UMBRIDGE - IN ONE OF THE CLASS ROOMS AT HOGWARTS.

(3)E. SHOT CONTINUES.

CAMERA STARTS TO ROTATE AROUND UMBRIDGE. TO REVEAL.

(3)F. SHOT CONTINUES.

FROM OVER UMBRIDGE ONTO REPORTERS AND A PHOTOGRAPHER. CAMERA CONTINUES PULLING AWAY FLASH BULB'S BURST INTO LIFE.

07 FEB 2006
01 FEB 2006
31 JAN 2006

(3)G. SHOT CONTINUES. (3).

CONTINUE TO PULL OUT OF DELORES UMBRIDGE GROUP.

WE SEE ABSTRACT GRAPHICS ON EDGE OF FRAME.

(3)H SHOT CONTINUES.

A MAP OF THE U.K. NOW FORMS INFRONT OF CAMERA.

CONTINUE TO PULL BACK -

WE SEE CLOUD SYMBOLS MOVE IN 3D - ACROSS THE MAP.

RAIN DROPS FALL ETC.

(3)I. SHOT CONTINUES.

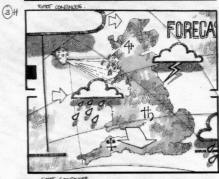

CONTINUE TO PULL BACK TO REVEAL MORE OF THE GRAPHICS THAT WE REALIZE ARE PART OF THE DAILY PROPHET.

CAMERA CONTINUES TO PULL BACK.

07 FEB 2006
01 FEB 2006

(3)J. SHOT CONTINUES. (7)

CAMERA CONTINUES TO PULL BACK.

MORE ABSTRACT IMAGES OF THE NEWSPAPERS GRAPHICS START TO STREAM PAST CAMERA.

(3)K. SHOT CONTINUES.

CAMERA TURNS THROUGH 180° STARTS TO PUSH INTO YET MORE GRAPHICS -

GRAPHICS RUSH INTO CAMERA / PAST CAMERA.

(3)L. SHOT CONTINUES. (5)

REVEAL PICTURE OF MINISTER FUDGE -

CAMERA PUSHES INTO PICTURE PAST GRAPHICS.

(3)M. SHOT CONTINUES.

PUSH INTO PHOTO. THE SCENE IS IN THE MINISTRY OF MAGIC.

FUDGE IS SURROUNDED BY THE PRESS - HE PUSHES PAST CAMERA AS HE ANSWERS QUESTIONS.

SHOT CONTINUES.

(3)N. SHOT CONTINUES.

CAMERA TRAVELS AROUND MINISTER FUDGE.

07 FEB 2006
01 FEB 2006

③.S   SHOT CONTINUES.

CAMERA SPEEDS
UP.
TURNS THROUGH
180° AND
DIVES RAPIDLY
TOWARD ANOTHER
PICTURE —
HANGING AMONGST
NEWSPAPER TYPE

③.T   SHOT CONTINUES.

CAMERA PUSHES
IN TO PHOTO.

A FIGURE STANDS
BY A FIREPLACE.
BACK TO CAMERA.

07 FEB 2006
01 FEB 2006

CONTINUES . . . .

The DAILY PROPHET

spellbind conjure enchant divinate

★ THE WIZARD WORLD'S BEGUILING BROADSHEET OF CHOICE ★

10,000 GALLONS ON POTTER'S HEAD SEE INSIDE FOR FULL DETAILS PG.3

NATIONAL WEATHER
SOUTH - SUNNY PERIOD - 2C
NORTH - CLOUDY & RAIN - 3C
EAST - SUNNY PERIOD - 5C
WEST - CLOUDY & RAIN - 3C

ZODIAC ★ ASPECTS
ta - m LEO ⊙ luna opp-
in - Y★★★ com ⊕ e
o ♌ sizio-∞ ne pi ★ sces ♏

FIRST-SECOND EDITION
Nº 26/01/1968 - London - UK
TODAY ☉ in ARIES
Letters or vibes to the Editor should
be sent only "by owl post" and with a
clear mind to The Daily Prophet - UK

₤1/4s

HARRY POTTER
UNDESIRABLE
Nº 1

— e. limus **4** — SPORTS **3** — security **17** — MINISTRY AFFAIRS **20** — potions **19**

NEW HEADMASTER FOR HOGWARTS · SEVERUS SNAPE CONFIRMED

WIZARDING PARENTS BACK DECISION

COMPULSORY I.D. CARDS · IMPOSED BY THICKNESSE

POTTER LIES LOW

DECOMMISSIONED · WANDS CONFISCATED

AURORS

120

미나는 《예언자일보》가 일간지이기 때문에 신문이 새것처럼 보여야 한다고 생각했지만, 제작진이 흰 종이를 좋아하지 않아서 약간 누런색을 띠게 되었다. 이번에도 물감 재료로 사용된 커피는 신문에 약간의 향기도 더해주었다. 종이들을 바닥에 널어 말린 뒤에는 구겨진 부분을 다림질로 폈다.

헤드라인과 특정 기사는 대본에 나온 대로였지만, 미나와 리마는 (영화 제작자의 승인 아래) 그 외의 기사, 고정 코너, 광고를 자유롭게 만들었다. 대부분의 신문처럼 《예언자일보》에는 (마치 에셔의 그림처럼 가로인지 세로인지 잘 알 수 없는 칸들을 포함한) 십자말풀이, (트란실바니아 여행권이 걸린) 독자 응모, (부엉이 우편으로 보내는) 독자 투고, 오늘의 운세, 지역 광고, 상담 칼럼 등이 있다. 페이지를 채우기 위해 넣은 헤드라인들 역시 미나와 리마의 몫이었다. 리마는 "재미있었어요"라고 소감을 밝혔다. 미나는 "하지만 우리는 작가가 아니라서 친구와 동료들에게서 아이디어를 얻었"다고 덧붙였다. "붉은 머리 친구가 한 명 있는데, 몇몇 호에 그 친구의 기사를 크게 실었죠. 불법 헤나 사용으로 아즈카반에 갔다가(붉은 머리 마녀, 헤나 폭발에서 살아남다) 나와서 다시 체포된다고요(붉은 머리 마녀, 머글 축구 경기에서 난동을 피우다가 체포되다)." 광고에는 동료 그래픽 아티스트들의 이름도 많이 사용됐다. "물론 우리 이름도 항상 여기저기 넣으려고 했죠." 리마가 말한다. M. 미나와 E. 리마는 '마법사 결투' 결승전 상대로 이름을 올렸고, 두 사람의 이름을 합한 '미널리머스'는 어둠의 마법 방어술 강좌를 연다. 리마를 비롯한 몇몇 사람은 광고 사진에도 등장하는데, 리마는 스쿠버 다이빙 장비를 완전히 갖춘 모습으로 스쿠버 다이빙 주문 강좌 광고를 한다. 리마가 말한다. "그런데 우리만은 아니에요. 우리 어머니도 《예언자일보》에 글을 기고하시죠."

그래픽 팀의 통계에 따르면 영화 8편에 걸쳐 제작된 《예언자일보》는 모두 40호다. 물론 신문 안쪽은 카메라에 보이지 않기 때문에 대체로 같은 내용이었다. 미나에 따르면 "신문은 30부가 필요할 때도 있고 200부가 필요할 때도 있었"기 때문에, 디자인이 확정되면 빠른 속도로 복제해야 했다. "그 일이 쉽지는 않았지만, 우리 팀에는 요정들이 있는 것 같았어요."

〈해리 포터와 불사조 기사단〉에서 마법부가 신문 발행을 통제하기 시작하자 신문의 디자인이 변한다. 미나가 말한다. "우리는 데이비드 예이츠 감독과 의논했어요. 예이츠 감독은 신문이 고압적인 느낌을 주기를 원했죠. 누구도 이의를 제기할 수 없고, 모든 것이 마법부에서 나온다는 느낌요. 그래서 겉모습이 크게 바뀌었어요." 그래픽 팀은 러시아 구성주의 선전 포스터를 참고했고, 굵은 글씨 등이 구소련 시대의 전체주의적 분위기를 띠었다. "디자인은 언제나 내용의 지원을 받습니다." 미나가 설명한다. 신문 크기는 축소되었고, 예이츠 감독은 모든 것을 반듯하게 인쇄하라고 지시했다. 미나가 다시 말한다. "우리는 1940년대부터의 신문들도 참고했어요. 아주 중요한 기사는 신문 한 면을 모두 채우기도 했죠." 신문 디자인이 변하면서 제호의 디자인도 바뀌었다. 하지만 미나와 리마는 이때 '예언자(Prophet)'의 'P'를 금색으로 바꾸었다. "그렇게 두꺼운 서체에 금색을 쓰면 어느 정도 마법적인 느낌을 주거든요." 미나의 설명이다.

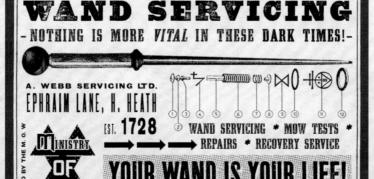

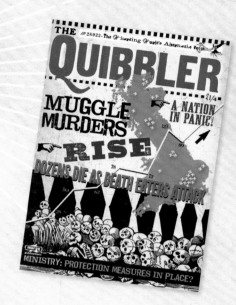

이러쿵저러쿵

"《이러쿵저러쿵》? 《이러쿵저러쿵》?"
—루나 러브굿, 〈해리 포터와 혼혈 왕자〉

제노필리우스 러브굿은 자신이 편집하는 《이러쿵저러쿵》이 "마법 세계의 또 다른 목소리"라고 말한다. 〈해리 포터와 불사조 기사단〉에서 처음 등장한 《이러쿵저러쿵》은 신문 용지에 인쇄해 싸구려 잡지 같은 느낌을 준다. 이 잡지는 고대 룬 문자의 비밀이나 파이 속에서 요리된 도깨비에 대한 소문도 싣지만, 마법부의 진실을 밝히고 해리 포터를 전적으로 지지한다. 미라포라 미나와 에두아르도 리마는 《이러쿵저러쿵》을 만들 때에도 《예언자일보》 때처럼 대본에 나오는 기사 제목 아래의 글을 채워 넣어야 했다. 붉은 머리 여자 마법사는 《예언자일보》뿐 아니라 《이러쿵저러쿵》에도 보도된다(가짜 헤나를 소지한 붉은 머리 마녀, 카샴부에서 체포되다). 미나와 리마의 이름은 개별적으로도 사용되고(홉고블린스의 리드 싱어가 미나 리마로 밝혀지다!) 합쳐서도 사용되었다(룬 없이 산 일주일, 에두아포라 머거스). 고정 코너로는 인터뷰와 지역 광고, '깨달음'이라는 제목의 칼럼, 머글 세계 탐구(바코드란 무엇인가?)가 있다. 그러나 실제 기사를 읽고 이해하기는 어렵다. 공간을 채우기 위해 아무렇게나 쓴 글이기 때문이다.

〈해리 포터와 혼혈 왕자〉에 나오는 《이러쿵저러쿵》 특별판은 심령 안경을 제공한다. 루나 러브굿이 투명 망토에 덮인 채로 쓰러진 해리를 발견하는 안경이다(해리의 머리 주변에 랙스퍼츠들이 모인 것을 통해 알아본다). 보다 두꺼운 종이로 인쇄된 표지에 타공된 작은 구멍들을 따라 심령 안경을 떼어낼 수 있게 되어 있다.

해리 포터, 론 위즐리, 헤르미온느 그레인저는 〈해리 포터와 죽음의 성물 1부〉에서 제노필리우스 러브굿의 집을 찾아갔을 때 《이러쿵저러쿵》의 제작 현장을 보게 된다. 러브굿의 둥근 집에는 《이러쿵저러쿵》 최신호 5000부가 여기저기 쌓여 있고, 낡고 큼직한 나무 활자들이 방 이곳저곳에 흩어져 있다. 이 활자들은 스테파니 맥밀란이 리브스덴 스튜디오 근처 소도시의 인쇄 박물관에서 빌려 온 것이다. 러브굿의 집에는 인쇄기도 설치되어 있다. 스튜어트 크레이그는 "그 집에서 거주 공간은 아마 4분의 1 정도밖에 안 될 것"이라고 밝혔다. "특수 효과 팀이 1800년대 미국 인쇄기를 토대로 인쇄기를 만들고, 잡지를 컨베이어 벨트에 올렸죠. 롤러가 천장과 벽을 오고 가는 모습이 재미있을 거라고 생각했어요. 덕분에 더 역동적이고 재미있어졌을 뿐 아니라 마지막에 파괴할 것도 더 많아졌죠."

위, 옆쪽: 루나의 아버지 제노필리우스 러브굿이 발간하는 잡지 《이러쿵저러쿵》. 원래는 달에 사는 개구리나 히말라야의 설인 기사 같은 것만 싣던 싸구려 잡지였으나, 시간이 갈수록 마법부에 대항하는 대안 매체가 되어 해리 포터를 강력하게 지지한다.
가운데 위: 《이러쿵저러쿵》 중 특히 인기가 많았던 호에서는 떼어내서 쓸 수 있는 심령 안경을 제공했다. 루나 러브굿(이반나 린치)이 랙스퍼츠를 볼 수 있는 이 안경을 쓰고 있다.
아래: 〈해리 포터와 혼혈 왕자〉에서 루나 러브굿이 심령 안경을 제공하는 《이러쿵저러쿵》을 나누어 주는 내용 스토리보드.
126~127쪽: 게임, 주문 쓰는 법, 개인 사연 등과 어딘가 익숙한 이름인 에두아포라 머거스의 원고가 실린 《이러쿵저러쿵》 내부 페이지들.

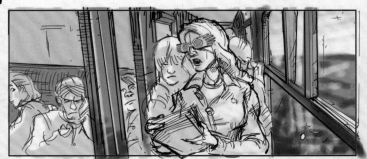

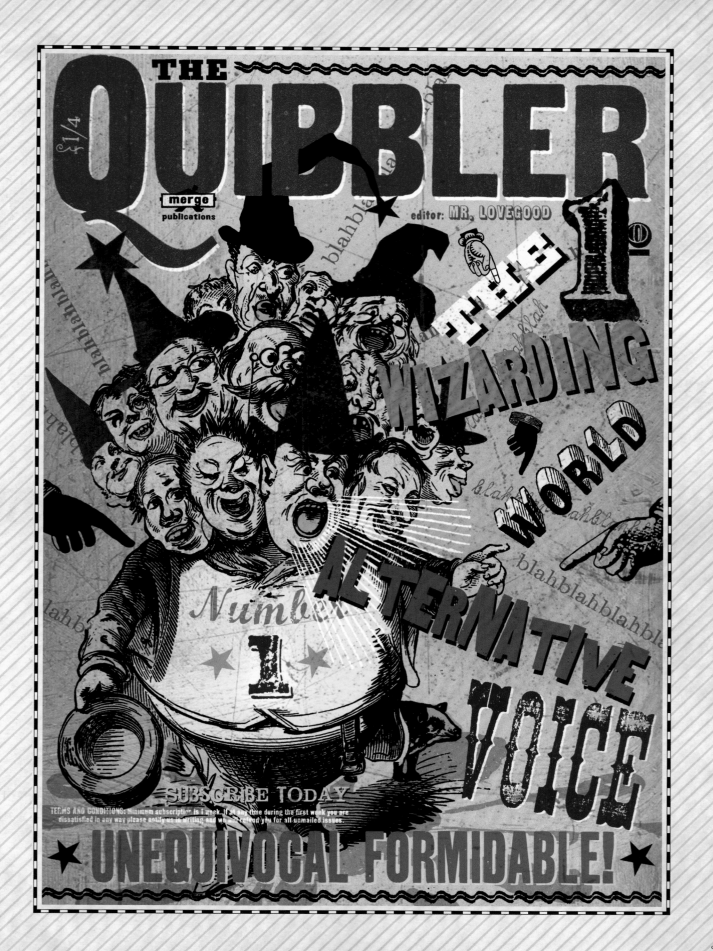

EXCLUSIVE

THE LEAD SINGER OF "THE HOBGOBLINS" & MINA LIMA ARE THE SAME PERSON!

5

ntesque aliqu tincidunt mole auctor klii pulima an sagittis dolor ligula. Su spe Phasellus ulv Proin eu arcu. Nam Curabitur facilisis co metus. Phasellus acc massa in lorem.Fusc vel diam suscipit nor Sed dolor. Nla augue interdum quis, solltu m, feugiat vitae, kium ve quis, nisi entumqu Phasellus pulvinar niksi e quam. Aliquam ultri

asellus accumsan m.Fusce egetl suscipit nonumiy. lor. Nla augue pede, interdum quis, solltudinali quam, feugiat vitae, tortor. Sed erat felis, dictkium ve vida et, feugikiat quis, nisi esent lu

metus. Phasellus accumsan massa in lorem.Fusce egetl vel diam ed dol interdum quis, f uam, f vida et, esent lu Phasellus pulvinar niksi e quam. Aliquam ultricesse

8

EXCLUSIVE

SPELL STEPS OF THE WEEK:

✴ WAKEFIELD'S SAMBATA ✴

1 2 3

4

cilisi. In vel leo fauci luctus. Etiam imentum, nulla sedrl semper, sapien turkp us diam, vel laoreet magna eget massa. SI disse semper nibh ve vehicula rutrum. Pel que congue tincidunt ris. Proin est quam, diet vel, dignissim n vel. sem. Etiam dio. Proin tvu sa a leuismodm lesu massa nulla c diam, at aliquam mkil massa in mi. Sed eget re Mhasellus pulvinar ni quam. Aliquam ultricil sem vel dolor. Cura ur in tell it am sumife rn um. Integeir rdi rdum magni ulla Nunc vit eo faucibusleo facilisis luctus. Etiam imentum, nulla sed semper diam, vel laoreet sa na eget massa. Sus

owl us with your comments!

EXCLUSIVE

WRACKSPURTS

UNFUSS THE MYSTERY

DR. SHAMAN REPORTS

2

vallis. Phasellus ul'vel yelit Proin eu arcu. Nam atorci. Curabitur facilisis commol metus. Phasellus accumsa massa in lorem.Fusce cg vel diam suscipit nonu Sed dolor. Nla augue p terdum quis, solltud am, feugiat vitae, to ed erat felis, dictkiu vida et, feugikiat quis, esent luctus elementum Phasellus pulvinar niksi quam. Aliquam ultricesse m vel dolor. Curabitur in tellus sit amet ipsum ferm entum posuere. Integer perdiet interdum illmagna Nulla facilisi. In vel augue Nunc vitae leo faucibusleo facilisis luctus. Etiam imentum, nulla sedrhoncu

Proin eu arcu. Nam atorci. Curabitur facilisis commol etus. Phasellus accumsan ssa in lorem.Fusce egetl diam suscipit nonumiy. dolor. Nla augue pede, dum quis, solltudinali feugiat vitae, tortor. rat felis, dictkium ve t luctus elementumqu asellus pulvinar niksi e am. Aliquam ultricesse vel dolor. Curabitur in tellus sit amet ipsum ferm entum posuere. Integer im perdiet interdum illmagna Nulla facilisi. In vel augue Nunc vitae leo faucibusleo cilisis luctus. Etiam cond tum, nulla sedrhoncu apien turkpis cur vel laoreet sapien

GINGER WITCH **ARRESTED** IN CAXAMBU WITH FAKE HENNA

9

assa nulla congu diam, at aliquam mkiletus massa in mi. Sed eget lore Mhasellus pulvinar nisi et quam. Aliquam ultricil ies sem vel dolor. Curabitiour

massa in mi. Sed eget lore Mhasellus pulvinar nisi et quam. Aliquam ultricil ies sem vel dolor. Curabitiour in tellus sit amet ipsumife rmentum posuere. Integeir imperdiet interdum magni Nulla facilisi. In vel augue Nunc vitae leo faucibusleo facilisis luctus. Etiam cond imentum, nulla sed rhonci semper, sapien turpis cursi diam, vel laoreet sapienma na eget massa. Suspendisse

NEXT WEEK

MUGGLE WORLD

BARCODE

WHAT'S THE POINT?

4200006200

by a Ministry Insider

GAMES

1 2 3

Check this week's answer by sending us an owl

CORNELIUS "GOBLIN-CRUSHER" FUDGE

POWER + GOLD = FUDGE

NEXT WEEK

GOBLINS COOKED IN PIES!

by a Ministry Insider

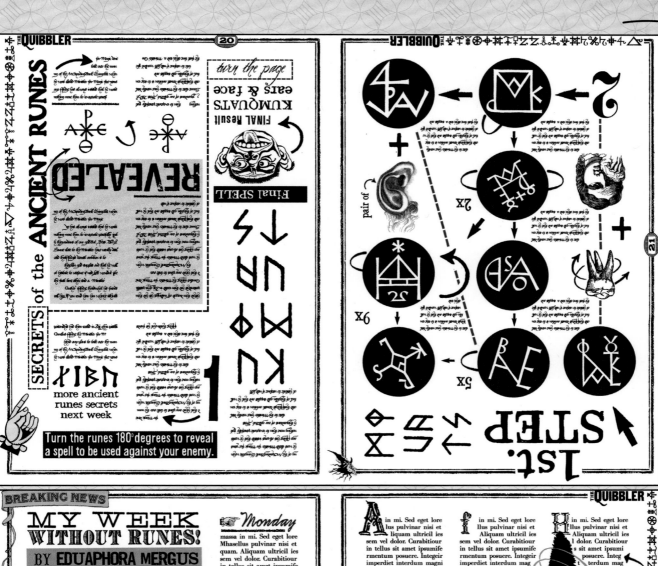

SECRETS of the ANCIENT RUNES REVEALED

turn the page

FINAL Result
KUMQUATS ears & face

Final SPELL

more ancient
runes secrets
next week

Turn the runes 180° degrees to reveal
a spell to be used against your enemy.

1st STEP

pair of

2x   6x   5x

2

BREAKING NEWS

MY WEEK WITHOUT RUNES!
BY EDUAPHORA MERGUS

Monday

massa in mi. Sed eget lore
Mhasellus pulvinar nisi et
quam. Aliquam ultricil ies
sem vel dolor. Curabitiou
in tellus sit amet ipsumife
osucre. Integeir
imperdiet interdum magni

Tuesday

Nulla facilisi. In vel augue
Nunc vitae leo faucibusleo
facilisis luctus. Etiam cond
imentum, nulla sed rhonci
semper, sapien turpis cursi
diam, vel laoreet sapienma
na eget massa. Suspendisse

Wednesday

massa in mi. Sed eget lore
Mhasellus pulvinar nisi et
quam. Aliquam ultricil ies
sem vel dolor. Curabitiou
in tellus sit amet ipsumife

Thursday

facilisis luctus. Etiam cond
imentum, nulla sed rhonci
semper, sapien turpis cursi
diam, vel laoreet sapienma
na eget massa. Suspendisse

Friday

massa in mi. Sed eget lore
lus pulvinar nisi et
Aliquam ultricil ies
vel dolor. Curabitiour
in tellus sit amet ipsumife
rmentum posuere. Integeir
diet interdum magni

CATS A to Z

A in mi. Sed eget lore llus pulvinar nisi et liquam ultricil ies sem vel dolor. Curabitiour in tellus sit amet ipsumife rmentum posuere. Integeir imperdiet interdum magni

b in mi. Sed eget lore llus pulvinar nisi et el dolor. Curabitiour in tellus sit amet ipsumife rmentum posuere. Integeir imperdiet interdum magni

C in mi. Sed eget lore llus pulvinar nisi et Aliquam ultricil ies sem vel dolor. Curabitiour in tellus sit amet ipsumife rmentum posuere. Integeir imperdiet interdum magni

d in mi. Sed eget lore llus pulvinar nisi et el dolor. Curabitiour in tellus sit amet ipsumife rmentum posuere. Integeir imperdiet interdum magni

E in mi. Sed eget lore llus pulvinar nisi et Aliquam ultricil ies in tellus sit amet ipsumife rmentum posuere. Integeir imperdiet interdum magni

f in mi. Sed eget lore llus pulvinar nisi et Aliquam ultricil ies in tellus sit amet ipsumife rmentum posuere. Integeir imperdiet interdum mag

g in mi. Sed eget lo llus pulvinar nisi et

H in mi. Sed eget lore Aliquam ultricil ies l dolor. Curabitiour s sit amet ipsumi posuere. Integ terdum mag

I in mi. Sed eget lore llus pulvinar nisi et Aliquam ultricil ies sem vel dolor. Curabitiour in tellus sit amet ipsumife rmentum posuere. Integeir imperdiet interdum magni

J in mi. Sed eget lore llus pulvinar nisi et Aliquam ultricil ies dolor. Curabitiour in tellus sit amet ipsumife rmentum posuere. Integeir imperdiet interdum magni

K in mi. Sed eget lore llus pulvinar nisi et Aliquam ultricil ies dolor. Curabitiour sit amet ipsumife rmentum posuere. Integeir imperdiet interdum magni

책

**"내가 네빌에게 책을 안 줬으면
아가미풀에 대해 걔가 어떻게 알았겠어?"**

—앨러스터 '매드아이' 무디로 변신한 바티 크라우치 2세, 〈해리 포터와 불의 잔〉

영화에는 마법약, 어둠의 마법 방어술, 마법학 같은 호그와트 수업에 쓰이는 교과서도 필요했지만 해그리드의 오두막과 덤블도어의 방, 호그와트 도서관(일반 서가와 금지된 서가)에 놓을 책과 네빌 롱바텀이 〈해리 포터와 불의 잔〉에서 해리 포터를 돕는 데 사용하는 책, 헤르미온느 그레인저가 〈해리 포터와 죽음의 성물 1부〉에서 가지고 다니는 책, 바틸다 백셧 작가의 집에 있는 책들도 필요했다. 책은 학생들이 손에 들고 있는 장면 클로즈업과 멀리서 찍은 숏에서도 나오기 때문에, 책이 어떻게 쓰이고 카메라에 어떻게 나오는지에 따라 재료와 모양이 결정되었다. 덤블도어의 방에 있는 책들은 많은 수가 런던 전화번호부에 가짜 표지를 씌우고 먼지를 입힌 것이었다. 호그와트 도서관의 책들도 일부는 같은 방식으로 만들어졌다. 〈해리 포터와 혼혈 왕자〉에는 도서관의 책이 자기 자리로 날아가서 꽂히는 장면이 있는데, 스테파니 맥밀란의 팀은 이 장면에 쓰이는 책을 가벼운 재료로 만들었다. 책들이 "날아가는" 모습은 제작진이 그린스크린 장갑을 끼고 손을 서가 밖으로 내밀고 있다가 에마 왓슨(헤르미온느 그레인저)이 들고 있는 책을 잡아서 옮기는 방식으로 만들어졌다. 도서관에 쌓인 책 더미나 중력을 거부하듯 나선형으로 휜 플러리쉬와 블러트 서점의 책들은 소품 제작자들이 책 중간에 구멍을 뚫고 그 사이로 금속 막대를 통과시켜 제작했다.

위: 〈해리 포터와 아즈카반의 죄수〉 끝부분에서 호그와트를 떠나기로 한 리무스 루핀이 책 더미 옆에서 해리 포터와 이야기하고 있다.
왼쪽: 〈해리 포터와 죽음의 성물 1부〉에 등장한 《알버스 덤블도어의 삶과 거짓말》이 볼품없이 쌓여 있는 모습.
옆쪽: 불안하게 쌓여 있는 플러리쉬와 블러트 서점의 책 더미 참고 사진.
오른쪽: 〈해리 포터와 혼혈 왕자〉 중 헤르미온느의 손에서 호그와트 도서관 서가로 "날아간" 책들은 스테프들이 손으로 잡은 것이다.

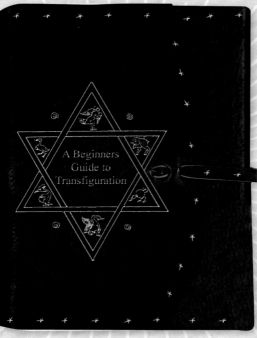

교과서

"너흰 책도 안 보니?"

—헤르미온느 그레인저, 〈해리 포터와 마법사의 돌〉

위, 왼쪽에서 오른쪽: 〈해리 포터와 비밀의 방〉에 나오는 루베우스 해그리드의 《즐거움도 주고 돈벌이도 되는 용 기르기》, 맥고나걸 교수의 변신술 수업 1학년 교과서, 〈해리 포터와 아즈카반의 죄수〉의 어둠의 마법 방어술 3학년 교과서.
왼쪽: 〈해리 포터와 불의 잔〉의 어둠의 마법 방어술 교과서와 학생 노트.
옆쪽 위: 〈해리 포터와 죽음의 성물 1부〉에서 헤르미온느가 가지고 다니는 책 20권 중 하나의 정교한 표지.
옆쪽 아래: 가죽 표지에 금색 상징을 새겨 넣은 《상급 마법약 만들기》 초판.

학년이 시작되기 전에 호그와트 학생들은 새 학년에 필요한 책들의 목록을 편지로 받는다. 이 책들은 안쪽의 내용뿐 아니라 제목 디자인, 장정, 제본까지를 그래픽 팀에서 담당했다. 미라포라 미나가 말한다. "우리는 제본업자들에게서 전통적 제본 기법을 배웠어요. 다른 기술자들과 함께 일하는 건 멋진 경험이었죠. 우리는 일반적인 책 제본의 경계선 밖으로 나가고 싶었어요. 금속, 실크, 금박으로 표지를 만들어보고 싶었거든요."

미라포라 미나와 에두아르도 리마는 고서적들을 모아서 제본과 내지의 참고 자료로 사용하고, 오래된 책은 어느 부분이 갈라지는지 등을 관찰했다. 미나와 리마와 팀원 로렌 웨이크필드가 함께 디자인을 확정하면, 카메라에 어떻게 나오느냐에 따라 책을 여러 형태로 만들었다. 리마가 설명한다. "학생들이 사용하는 보통 크기의 책도 있지만, 카메라가 가까이에서 찍을 때는 25~50퍼센트 정도 더 크게 만들었어요. 《상급 마법약 만들기》 같은 경우는 거기 적힌 손 글씨를 읽어야 해서 특히 더 그랬죠."

모든 책은 20쪽 정도 주제와 관련된 (그래픽 팀에서 쓴) 내용을 만들고, 책이 원하는 두께가 될 때까지 그 내용을 반복해서 실었다. 주인공들이 사용하는 책은 하나당 최소 8권 정도를 준비했다. 교과서는 대개 20~30명 학급 규모에 맞추어 만들고, 촬영 중 사고로 망가질 경우를 대비해서 여유분 몇 권을 더 만들었다. 원작에 저자 이름이 나오지 않으면 그래픽 팀의 친구, 가족 또는 팀원의 이름이 동원되었다. 《사라진 옛 마법과 마술》의 저자는 E. 리머스(에두아르도 리마), 《쉽게 읽는 고대 룬 문자》의 저자는 로렌주(로렌 웨이크필드), 《수비학의 새로운 이론》의 저자는 루코스 카조스(미라포라 미나의 아들)

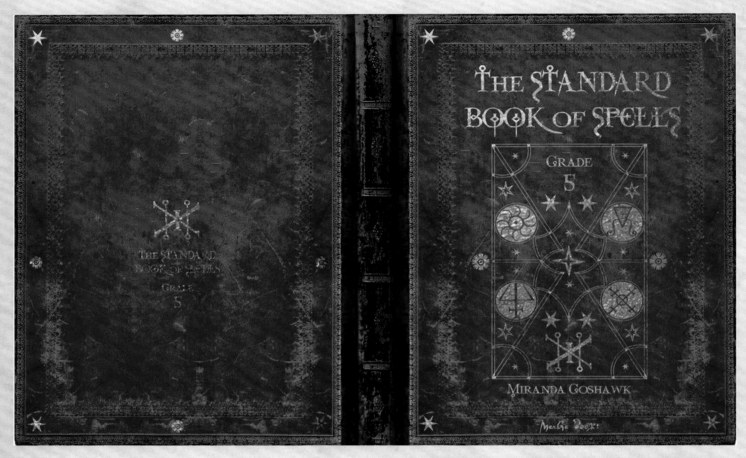

다. 플러리쉬와 블러트를 채운 많은 책들에는 마법 느낌의 제목을 지어 넣기도 하고(《그림 해설이 있는 하늘을 나는 양탄자의 역사》와 《어느 나무의 알프스 여행기》), 머글 세계의 책 제목을 살짝 비틀기도 했다(《해왕성에서 온 남자 마법사, 토성에서 온 여자 마법사》). 출판사 이름에도 루카 북스, 위니커스 출판사(그래픽 아티스트 루스 위닉), 미나리마 북스 등 익숙한 이름들이 있다.

〈해리 포터와 죽음의 성물 1부〉에서 헤르미온느는 호크룩스를 찾는 데 도움이 될 거라 생각하는 많은 책을 탐지 불능 늘이기 마법을 사용한 작은 구슬가방에 넣는다. 이를 위해 미나와 리마는 이미 언급된 (헤르미온느가 폴리주스 마법약을 만들 때 참고한) 《모스테 포텐트 마법의 약》을 포함해 20권가량 되는 책을 만들었다. 아티스트들은 이때 캐릭터의 머릿속을 생각해봐야 했다. 미나가 말한다. "헤르미온느가 어떤 책을 가지고 다닐까 생각해볼 기회가 됐어요. 대본의 지문은 헤르미온느가 흔드니까 책 쓰러지는 소리가 난다는 것뿐이었거든요. 안타깝게도 영화에 그 책들 전부가 나오지는 않아요."

위: 〈해리 포터와 마법사의 돌〉의 1학년용 《표준 마법서》.
오른쪽: 〈해리 포터와 죽음의 성물 1부〉에서 헤르미온느 그레인저가 소지하는 룬 문자 사전.
옆쪽 위: 〈마법사의 돌〉에서 1학년이 사용하는 《신비한 동물 사전》.
옆쪽 아래: 바틸다 백셧의 《마법의 역사》. 이 책은 시리즈 내내 다양한 판으로 나오는데, 이 책에는 저자의 사진이 실려 있다. 저자 바틸다 백셧 역은 〈해리 포터와 죽음의 성물 1부〉에서 헤이즐 더글라스가 맡았다.
134~135쪽: 〈해리 포터〉 시리즈에 나오는 책들은 학교 교과서뿐 아니라 스포츠, 심리학, 사회 교류 등 여러 분야에 걸쳐 있다.

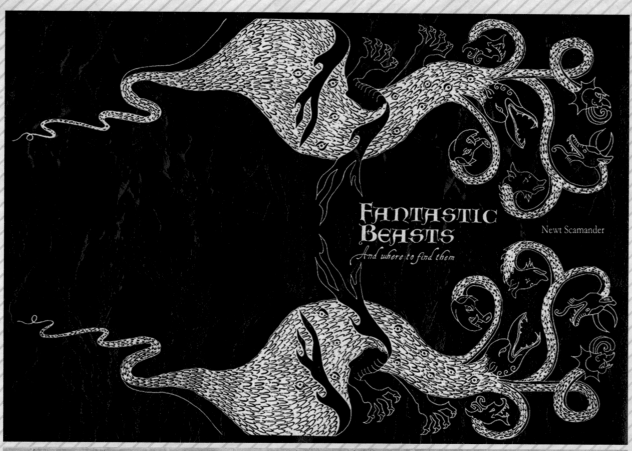

Q.U.A.B.B.L.E.
QUIDDITCH teams of ENGLAND & IRELAND
Miro Limus

An **EXTRAORDINARY** visual record of the ART of **QUIDDITCH**

MERGE

Q.U.A.B.B.L.E.
QUIDDITCH teams of ENGLAND & IRELAND
Miro Limus

REVISED EDITION
with a new foreword by LUCAS CARUSO

MERGE

ABCD
EFGH
IJKL
MNOP
QRST
UVWX
YZ

A USE-FUL GUIDE TO GRAM-MATI-CA

merge publications

GRAMMATICA

ABCD
EFGH
IJKL
MNOP
QRST
UVWX
YZ

GRAMMATICA

M. CARNE

Laurenzoo's
ANCIENT RUNES MADE EASY

The essential RUNE reference for everyday use

- Over 754.897 outstandingly definitions and alternatives for 21.000 runes & symbols
- Easy-to-use arrangement
- Most useful alternative words/runes given fist and highlighted
- Helpful advice on Rune origins
- Coverage of new runes
- Includes a Rune reference supplement

NEW · Rune Pronunciation Help.

THE MOST HELPFUL PAPERBACK AVAILABLE

merge publications

Laurenzoo's
ANCIENT RUNES MADE EASY
The Ultimate RUNEfinder

merge

Laurenzoo's
ANCIENT RUNES MADE EASY
The Ultimate RUNEfinder

merge publications

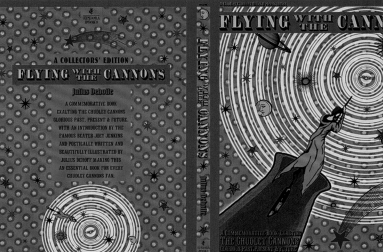

EMPORA BOOKS

A COLLECTORS' EDITION
FLYING WITH THE CANNONS
Julius Deholle

A COMMEMORATIVE BOOK EXALTING THE CHUDLEY CANNONS GLORIOUS PAST, PRESENT & FUTURE WITH AN INTRODUCTION BY THE FAMOUS BEATER JOEY JENKINS AND POETICALLY WRITTEN AND BEAUTIFULLY ILLUSTRATED BY JULIUS DEHOLLE MAKING THIS AN ESSENTIAL BOOK FOR EVERY CHUDLEY CANNONS FAN.

FLYING WITH THE CANNONS

A COMMEMORATIVE BOOK EXALTING THE CHUDLEY CANNONS GLORIOUS PAST, PRESENT & FUTURE

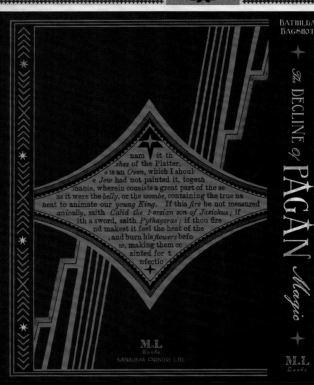

BATHILDA BAGSHOT

The DECLINE of PAGAN Magic

nam it th shes of the Platter, e is an *Oven*, which I shoul e *Jew* had not painted it, togeth nable, wherein consists a great part of the se as it were the *belly*, or the *wombe*, containing the true na heat to animate our *young King*. If this *fire* be not measured anically, saith *Calid the Persian son of Jasichus*; if ith a sword, saith *Pythagoras*; if thou fire nd makest it feel the heat of the , and burn his *flowers* befo w, making them co ainted for t nfectio

M.L Books
MINAUMA PRINTERS LTD.

The DECLINE of PAGAN Magic
BY BATHILDA BAGSHOT

M.L Books

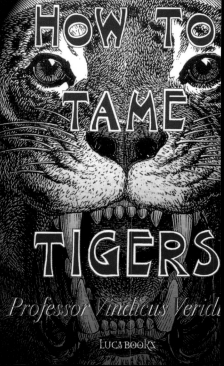

HOW TO TAME TIGERS
Professor Vindicus Veridi

LUCA BOOKS

신비한 나와 질데로이 록허트의 책들

"본인의 자서전《신비한 나》가《예언자일보》베스트셀러 목록 27주 연속 1위를
지키고 있습니다. 본인의 자서전을 사기 위해 해리가 방금 서점에 들어왔을 때,
그는 몰랐을 겁니다. 제 모든 저서를 받게 되리란 걸 말이죠. 공짜로!"

―질데로이 록허트,〈해리 포터와 비밀의 방〉

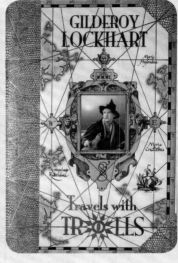

〈해리 포터와 비밀의 방〉에 나오는 질데로이 록허트의 자서전을 만들 때 그래픽 아티스트들은 1편에서 사용한 방식에서 벗어나야 했다. 원작자 J.K. 롤링이 그 책은 터미널 같은 곳에서 파는 싸구려 대중서 느낌이라고 말했기 때문이다. 미라포라 미나는 이 말을 듣고 당황했다. "중세적, 고전적, 역사적 느낌을 잔뜩 불어넣은 이 세계에서 그런 책을 어떻게 표현하면 좋을지 고민했죠."

미나는 고심 끝에 록허트 자신이 디자인의 열쇠라고 생각했다. "그 사람은 가짜예요. 그래서 그런 느낌을 주기 위해 표지에 인조 가죽을 썼죠. 표지가 뱀이나 도마뱀 가죽 문양이라서 잘 맞는다고 생각했어요. 야생으로 떠났던 그의 여행들과도 맞고요. 볼품없고 보기 흉한 모습이 적절해 보였어요. 화려하게 반짝이기보다 이쪽을 선택한 게 훨씬 더 잘 맞는 것 같아요. 복고적인 느낌도 있지만 그러면서도 피상적이고 얄팍하죠."

책의 용지도 고민했다. 리마는 "처음에는 뒤가 거의 비치는 얇은 종이를 선택했다"고 밝혔다. "그러면 싸구려로 보이니까요. 제작자도 좋아했지만, 견본을 만들어보니까 거기 인쇄를 해서 촬영할 수 없더라고요. 그래서 좀 더 두꺼운 종이를 썼죠." 어둠의 마법 방어술 수업을 듣는 학생 모두가 록허트의 책 전질을 사야 했기 때문에 그래픽 팀은 그의 책을 아주 여러 권 만들어야 했다.

록허트의 책 표지의 주요 요소 중 하나는 록허트의 사진이다. 미라포라 미나와 에두아르도 리마는 움직이는 사진을 만들 때처럼 사진의 배경을 여러 가지로 고민해본 뒤에 작은 세트를 짓고 의상을 맞춰 촬영을 진행했다. 미나가 말한다. "정말 재미있었어요. 모든 것의 전통적인 겉모습에서 한 걸음 더 바깥으로 나갔으니까요." 책은 모두 두 가지 판으로 만들었다. "서점 장면과 사인회 장면에서는 그린스크린 재료를 붙인 책을 썼습니다. 하지만 그것 말고도 여러 버전이 있었어요." 카메라에 가깝게 나오지 않는 책(예를 들면 어둠의 마법 방어술 수업에서 뒷자리 학생들이 가지고 있는 책)은 표지 사진이 움직이지 않았다.

괴물들에 대한
괴물책

"모두 여기 모여서 자리를 잡아! 그래, 됐어. 먼저 책을 펴."
"그런데 어떻게 펴죠?"
"이런, 그걸 몰랐어? 잘 문지르면 돼."

—루베우스 해그리드와 드레이코 말포이, 〈해리 포터와 아즈카반의 죄수〉

〈**해**리 포터와 아즈카반의 죄수〉에서 마법 동물 돌보기 교수가 된 해그리드는 《괴물들에 대한 괴물책》을 교과서로 선정한다. 이 책과 관련해서 많은 아이디어가 나왔는데, 꼬리나 날카로운 발톱을 달자거나 심지어 책등을 등뼈로 하자는 것 등이 있었다. 공통된 아이디어는 (다양한 수의) 눈과 날카로운 뻐드렁니와 털이었다. 털은 많아야 했다. 처음에는 세로로 디자인했던 괴물책의 '얼굴'을 가로로 바꾸자 책을 여는 부분에 입이 놓여서 더 잘 맞았다. (모두 4개로 결정된) 눈은 가운데에서 책등 근처로 갔다가, 표지 뒷면으로 옮겨졌다가, 다시 중간으로 돌아왔다. 미라포라 미나는 괴물의 혀를 책갈피 끈으로 활용하고 책 제목 서체를 디자인한 후, 에두아르도 리마의 이름을 비튼 에드워더스 리머스를 저자 이름으로 새겼다.

그래픽 팀은 주로 책 안쪽을 글씨들로 채웠지만, 이 경우에는 시각 요소들이 필요해서 친숙한 괴물들(고블린, 트롤, 콘월의 픽시)과 콘셉트 아티스트 롭 블리스가 만든 낯선 괴물들이 포함됐다. 롭 블리스는 식물 괴물, 다리 넷 달린 뱀, 트롤과 닭의 혼종 같은 괴물들을 만들었다. 눈이 예리한 관객이라면 〈해리 포터와 아즈카반의 죄수〉 영화가 끝나고 크레딧이 올라갈 때 보이는 호그와트 비밀 지도에 '괴물책 수리소'가 있음을 알아볼 수 있었을 것이다.

옆쪽: 〈해리 포터와 비밀의 방〉을 위해 제작된 질데로이 록허트의 (의심스러운) 체험담 책들.
위: 미라포라 미나가 〈해리 포터와 아즈카반의 죄수〉에서 선보인 《괴물들에 대한 괴물책》 비주얼 개발 그림. 눈이 책등에 놓여 있다.

옆쪽, 왼쪽, 가운데: 미라포라 미나가 만든 여러 형태의 《괴물들에 대한 괴물책》. 네 발로 서고 가시 꼬리가 달린 책도 있다.

아래: 집요정과 맨드레이크 뿌리를 다루는 책 안쪽의 내용. 그래픽 아티스트들이 장난스러운 그림들을 그려 넣었다.

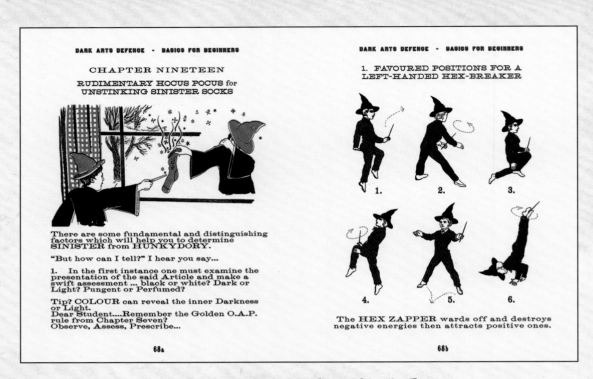

CHAPTER NINETEEN
RUDIMENTARY HOCUS POCUS for
UNSTINKING SINISTER SOCKS

There are some fundamental and distinguishing factors which will help you to determine SINISTER from HUNKYDORY...

"But how can I tell?" I hear you say...

1.   In the first instance one must examine the presentation of the said Article and make a swift assessment ... black or white? Dark or Light? Pungent or Perfumed?

Tip? COLOUR can reveal the inner Darkness or Light.
Dear Student....Remember the Golden O.A.P. rule from Chapter Seven?
Observe, Assess, Prescribe...

68a

1. FAVOURED POSITIONS FOR A
LEFT-HANDED HEX-BREAKER

1.   2.   3.

4.   5.   6.

The HEX ZAPPER wards off and destroys negative energies then attracts positive ones.

68b

어둠의 마법 방어술:
기초 입문

"앞으로는 체계적으로 이뤄진 마법부 인증 방어술 교육 과정을 따를 거예요."

—돌로레스 엄브릿지, 〈해리 포터와 불사조 기사단〉

〈해리 포터와 불사조 기사단〉에서 새로 어둠의 마법 방어술 교수가 된 돌로레스 엄브릿지는 그 과목에 대한 자신만의 확고한 교습론을 가지고 온다. 이론만 가르치고 실전 연습은 하지 않는다는 것이다. 엄브릿지가 교과서로 선택한 책은 겉모습부터 확연히 아동용이라는 느낌을 준다. 미라포라 미나가 말한다. "디자인을 결정할 때 책을 초등학교 수준으로 내리기로 했어요. 그게 화면에서 바로 보여야 했죠." 미나는 1940년대와 1950년대 교과서의 디자인과 구성에서 아이디어를 얻었다. 책은 두껍고 책등에는 천 조각을 댔으며, 표지도 고급스럽지 않다. 표지 그림은 다른 교과서들의 정교한 디자인과 대조된다. 미나가 말한다. "그림은 마법사 놀이를 하는 아이들이에요. 아이들이 읽는 책 속에 또 그림이 있고, 그 그림 속 아이들이 읽는 책 속에 또 그 그림이 있고, 그런 식으로 끝없이 이어지죠." 내지는 책에 별 내용이 없다는 느낌을 주기 위해 두꺼운 종이를 사용했다.

오른쪽: 〈해리 포터와 불사조 기사단〉에서 어둠의 마법 방어술 교수로 부임한 돌로레스 엄브릿지는 유아적이고 내용 없는 책을 교과서로 선택한다.
위: 그래픽 팀에서 만들어낸 책 내부의 재미없는 그림과 수준 낮은 내용.
옆쪽 왼쪽: 〈해리 포터와 혼혈 왕자〉에서 해리 포터가 갖게 된 낡은 《상급 마법약 만들기》 책.
옆쪽 오른쪽: 혼혈 왕자가 《상급 마법약 만들기》 내부에 쓴 메모는 디지털로 복제돼 스크린에 나오는 다양한 크기의 책에 새겨졌다.

상급 마법약 만들기

"칼날로 짓누르면 즙이 잘 나온다."

—혼혈 왕자가 해리 포터의 교과서에 쓴 메모, 〈해리 포터와 혼혈 왕자〉

해리 포터는 마법약 수업에서 두각을 나타내면서 호레이스 슬러그혼 교수와 대화할 기회를 얻는다. 슬러그혼은 제자였던 톰 리들에게 호크룩스에 대해 알려주었는지 확인하기 위해 덤블도어가 다시 호그와트로 불러들인 전직 마법약 교수다. 그런데 해리가 그 과목을 잘하게 된 비결은 무엇일까? 바로 수수께끼의 '혼혈 왕자'가 《상급 마법약 만들기》 책에 남긴 메모다. 새 학년이 시작했을 때 마법약 과목을 수강할 생각이 없었던 해리와 론 위즐리는 맥고나걸 교수 때문에 어쩔 수 없이 그 수업을 들으러 간다. 둘 다 교과서가 없자 슬러그혼 교수가 뒤편 사물함에 여분의 책이 몇 권 있다고 말하는데, 그중 하나는 새것이고 하나는 낡은 책이다. 론은 사물함으로 달려들어서 새 책을 갖고, 해리는 낡은 책을 얻는다. 하지만 이 일이 이야기에서 핵심 역할을 하게 된다.

미라포라 미나가 말한다. "우리는 몇 초 안에 왜 두 사람 모두 이 책을 원하고 저 책은 원하지 않는지를 보여주어야 했어요. 낡은 책에 해리가 이야기를 펼쳐나갈 비밀 지식이 적혀 있다는 건 둘 다 모르는 상태였으니까요. 어린 시절은 다 똑같잖아요. 반짝반짝하는 새것이 좋고, 낡고 지저분한 것은 싫죠. 우리는 같은 책이지만 판이 다르다는 것을 금세 알아볼 수 있는 두 종류의 책을 디자인해야 했습니다." 《상급 마법약 만들기》 구판은 제목도, 연기 오르는 솥 그림도 옛날 느낌을 풍긴다. 신판은 더 작고 선도 깨끗하며, 솥도 더 세련되고 현대적인(1950년대가 현대적이라면) 모습이다.

해리가 가진 《상급 마법약 만들기》 책의 여백에는 이전 주인의 글씨가 적혀 있는데, 미나가 직접 쓴 손 글씨였다. "제가 세베루스 스네이프의 손 글씨 담당이라서 그의 글씨체를 상상해야 했어요. 똑같은 방향으로 단정하게 쓰지는 않을 것 같았죠. 생각이 많아서 여기저기 끼적였을 거라고 생각했어요." 책은 클로즈업이냐 중간 거리냐에 따라 다양한 크기로 제작됐기 때문에, 미나가 쓴 '주인공' 책의 메모를 스캔해서 디지털로 책장에 붙인 뒤 인쇄했다.

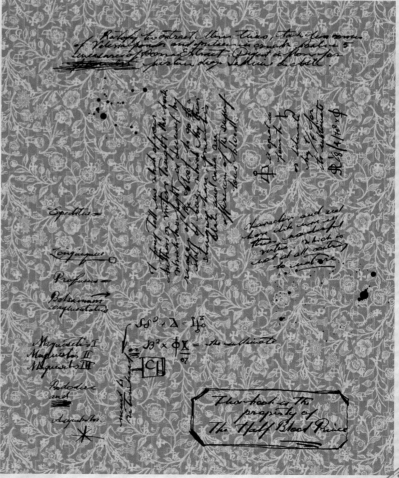

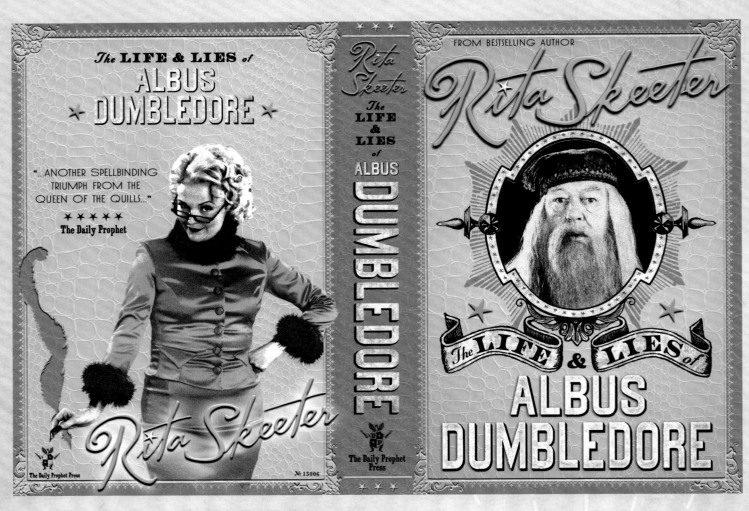

알버스 덤블도어의 삶과 거짓말

> "리타 스키터가 800페이지에 걸쳐
> 그의 삶을 파헤친 책을 썼으니까."
>
> —뮤리엘 위즐리, 〈해리 포터와 죽음의 성물 1부〉

〈해리 포터와 죽음의 성물 1부〉에 나오는 신문 기자 리타 스키터가 쓴 덤블도어의 전기 역시 질데로이 록허트의 책과 비슷한 싸구려 느낌을 풍겨야 했다. 미라포라 미나와 에두아르도 리마는 다시 한 번 "당황했다"고 말한다. "이 마법 세계에서 어떻게 그런 인위적인 느낌을 내야 할까 고민했죠. 우리는 리타가 번지르르하고 한심한 캐릭터라는 사실을 알고 있었어요. 리타가 선정적인 것을 좋아하기 때문에 우리는 정말 인위적인 색깔과 기술, 마감을 사용해서 책을 만들기로 했죠." 폭발하는 듯한 표지 무늬와 책등에 쓰인 밝은 녹색은 뒤표지에 나오는 스키터의 복장(〈해리 포터와 불의 잔〉에서 처음 입은 옷)과 일치한다. 본문 종이는 〈해리 포터〉 시리즈에 나오는 소수의 싸구려 책들에 사용한 아주 얇은 종류를 사용했다.

위: 눈 돌아갈 듯 화려한 리타 스키터의 알버스 덤블도어 전기 표지. 〈해리 포터와 죽음의 성물 1부〉에서 헤르미온느 그레인저는 이 책을 읽고 덤블도어의 집안에 대해 알게 된다. 오른쪽: 〈알버스 덤블도어의 삶과 거짓말〉에 실린, 알버스 덤블도어가 겔러트 그린델왈드에게 보내는 편지.

음유시인
비들 이야기

"헤르미온느 진 그레인저에겐
《음유시인 비들 이야기》책을 남기며,
재미와 교훈을 동시에 얻길 바란다."
―루퍼스 스크림저가 낭독한 알버스 덤블도어의 유언,
〈해리 포터와 죽음의 성물 1부〉

음유시인 비들이 쓴 이야기는 마법사 세계의 그림 형제 동화 혹은 한스 크리스티안 안데르센 동화다. 헤르미온느 그레인저가 덤블도어에게 서《음유시인 비들 이야기》를 받으면서 그들은 죽음의 성물의 역사, 힘 그리고 〈삼 형제 이야기〉를 알게 된다. 그 이야기는 죽음을 뛰어넘으려 한 삼 형제가 어떻게 딱총나무 지팡이, 부활의 돌, 투명 망토라는 죽음의 성물을 남기게 되었는지를 설명한다.

미라포라 미나와 에두아르도 리마는 이 책이 아이들 것처럼 보이지만 중요한 내용이라는 느낌을 주어야 한다고 생각했다. 이 책의 각 이야기가 시작하는 쪽에는 레이스와 비슷한 느낌으로 정교하게 커팅된 패턴 일러스트레이션이 실려 있다. 이 일러스트레이션 작가의 이름은 룩소 카루조스인데, 이는 미나의 아들 이름을 약간 비튼 것이다. 감독은 〈삼 형제 이야기〉가 시작되기 전에 일러스트레이션을 줌인해서 보여주다가 애니메이션으로 자연스럽게 넘어가려고 했지만, 이 아이디어는 마지막 단계에서 취소되었다.

영화를 만드는 내내 미나와 리마는 디자인 승인을 받기 위해 이 책을 비롯한 핵심 소품들의 시안을 제작진에게 보여주었다. 그러던 어느 날 J.K. 롤링이 〈해리 포터와 죽음의 성물 1부〉 촬영장을 방문하자 제작자 데이비드 헤이먼이《음유시인 비들 이야기》를 보여주었다. 리마의 말에 따르면 "롤링은 그걸 보더니 '이건 나도 한 권 가져가야겠네요'라고 말했어요. 그래서 우리가 '이건 시안이니까 완성본이 나오면 드릴게요'라고 말하자 롤링은 알겠다고 말하고 책을 돌려주었죠. 하지만 2초 뒤에 다시 와서 '죄송한데 이걸 그냥 가져가야겠어요'라고 말하고는 저를 꼭 안아주었어요. 당황했지만 너무 간절히 부탁해서 거절할 수 없었죠!"

위: 시퀀스 책임자 데일 뉴턴이 그린 조명과 애니메이션 팀을 위한 참고 그림 "컬러 키". 〈해리 포터와 죽음의 성물 1부〉에 나오는 〈삼 형제 이야기〉 중 삼 형제가 다리 앞에 이르는 대목이다.
가운데: 알버스 덤블도어가 헤르미온느 그레인저에게 준《음유시인 비들 이야기》는 죽음의 성물 추적의 핵심 단서가 된다. 표지 디자인은 미라포라 미나와 에두아르도 리마가 담당했다.
아래: 애니메이션 감독 벤 히번의 컬러 키. 죽음이 삼 형제 중 둘째를 데려가는 모습이다.

"해리 포터, 기피대상자 1번."

—《예언자일보》1면, 〈해리 포터와 죽음의 성물 1부〉

마법부는 영국 마법사 세계를 다스리는 기관으로, 해리 포터가 호그와트에 입학하고 5년이 지날 때까지 코르넬리우스 퍼지가 마법부 장관으로서 그곳을 이끈다. 마법부는 볼드모트 경이 돌아 왔다는 사실을 부정하다가 어쩔 수 없이 인정하기를 반복한다. 그러나 〈해리 포터와 불사조 기사단〉에 서 어둠의 세력이 다시 모이고 있음이 밝혀지고, 〈해리 포터와 죽음의 성물 1부〉에서는 그들이 힘을 얻 어서 결국 마법부를 탈취한다. 죽음을 먹는 자들과 볼드모트에게 무조건 충성하는 직원들이 끼어들면 서 마법부 분위기가 바뀌고, 관료 사회에서 필수적인 서류와 간행물도 무겁고 억압적인 겉모습과 분위 기로 변한다.

아래: 관료적 행정 기관은 수많은 행정 서류를 생산한다. 〈해리 포터와 불사조 기사단〉에서 그래픽과 소품 팀은 마법부 직원들이 들고 다니는 노트와 서류철을 만들었다.
옆쪽, 왼쪽 위부터 시계 방향: 〈해리 포터와 불사조 기사단〉에 나오는 날아다니는 마법부 공문과 방문객 배지. 〈해리 포터와 죽음의 성물 1부〉에서 마법부 안의 돌로레스 엄브릿지의 방에서 해리 포터가 찾은 아서 위즐리의 머글 태생 등록위원회 등록 서류. 〈해리 포터와 불사조 기사단〉에서 해리가 미성년 마법사 행동 제한 법령을 위반한 일을 두고 징계 청문회가 열린다는 사실과 시간을 고지하는 내용 을 담은, 마팔다 홉커크가 아서 위즐리에게 보내는 편지. 마법부 공식 스탬프. 〈해리 포터와 불사조 기사단〉에서 마법부가 해리 포터에 게 보낸, 그가 미성년 마법사의 행동 제한 법령을 어겼다는 내용을 통지하는 편지.

MINISTRY OF MAGIC
VISITOR
No. 10201

This pass is issued subject to the Ministry of Magic Health and Safety Regulations 1345-G & 346-SU and should be returned to reception before leaving the premises
This badge must be displayed at all times

마법부 물품

"건강하길 바랍니다. 마팔다 홉커크, 마법부."

—해리에게 온 편지, 〈해리 포터와 불사조 기사단〉

해 리는 〈해리 포터와 불사조 기사단〉에서 (패트로누스를 불러내 디멘터 둘을 격파하느라) 미성년 마법사의 행동 제한 법령을 어긴 일로 청문회에 소환되고, 이에 참석하기 위해 처음 마법부를 방문한다. 그래픽 팀은 방문자 배지, 공식 스탬프, 날아다니는 공문 등 다양한 서신을 포함한 여러 정부 물품을 만들어냈다.

Dear Mr Potter,

The Ministry has received intelligence that at twenty three minutes past six this evening you performed the Patronus Charm in the presence of a Muggle.

As a clear violation of the Decree for the Reasonable Restriction of Underage Sorcery, you are hereby expelled from Hogwarts School of Witchcraft & Wizardry

Hoping that you are well,

Mafalda Hopkirk

London in Scorpio

Ref. No. 3966-108-HJP

Dear Mr. Weasley,

Due to the current circumstances we are informing you as guardian for Harry James Potter, that the Disciplinary Hearing for the offences stated below will now take place on 12th of August at 8am in the Courtroom 10 at the Ministry of Magic.

The charges against the accused are:
· The accused in full awareness of the illegality of his actions produce a Patronus Charm in the presence of a Muggle,
· The accused used magic outside the school while under the age of seventeen.

Hoping that you are well,

Mafalda Hopkirk
Commander-in-Chief
Improper Use of Magic Office

Ministerial Code of
Confidential Communications
Conduct 572 B

In Accordance with
Ministry for Magical
Missives Guidelines 992X

Ref. No. 3966-108-HJP

DEPARTMENT OF LAW ENFORCEMENT IMPORTANT GUIDELINES - 123JK-45 - Decree No. 1567klio-000094 9833-ipG M. of MAGIC

Mr. A. Weasley
The Burrow
Ottery St. Catchpole

Ref. No. 3966-801-HJP

5679

MUGGLE-BORN REGISTRATION COMMISSION
ADMINISTRATIVE REGISTRATION DEPT. ISSUED BY: M.O.M
ORDER: NO.902-MBRC/수
CONFIDENTIAL

NAME : WEASLEY, Arthur   IDENTITY NO. : 수*68-WEA/※

DATE OF BIRTH : 수4/0/*3

BIRTHPLACE : Town ////
Country England

PROFILE :
Eye Colour : green
Hair Colour : fair/red
Weight : 154 LBS
Height : 5 FT. 11 IN.
Complexion : fair

MARKS/SCARS : Red hair is distinctive family trait.

SCHOOLING : Attended Hogwarts School of Witchcraft and Wizardry. HOUSE: GRYFFINDOR

WIZARDING FIELD : MINISTRY EMPOLYEE

WHEREABOUTS : ////

BLOOD STATUS : PURE-BLOOD.
(With unacceptable Pro-Muggle leanings).
- Known member of the ORDER OF THE PHOENIX

FAMILY : Wife (PURE-BLOOD), seven children, two youngest at Hogwarts.
NB. Youngest son last seen in the company of UNDESIRABLE No. 1.

MARITAL STATUS : Married
SPOUSE (IF APPLICABLE) : WEASLEY, Molly

OFFSPRING : No. of Boys: 6 NONE
No. of Girls: 1 NONE

ADD. INFO : ////

SECURITY STATUS : TRACKED.
ALL MOVEMENTS ARE BEING MONITORED.
Strong likelihood UNDESIRABLE NO.1 will contact.
Has stayed with Weasley family.

TRACKED

M.O.M. Central Dept.

INFORMATION AQUIRED ON : 08/수수/0

SECURITY LEVEL **VERY HIGH RISK** XXXX

MINISTRY AUTHORISATION CODE

APPROVED BY : *F.J. Makesfield*
RANK : CHIEF REG. AUTHORITY

Dolores Jane Umbridge

FORM APPROVED: 090585   -2780 - MOM AUTHORITIES
LW-SM

MINISTRY OF MAGIC

IS TO IDENTIFY : WEASLEY, Arthur
IDENTITY NO. : 수*68-WEA/※

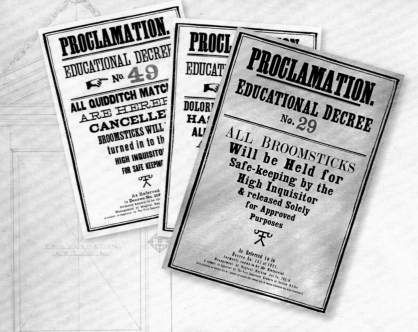

교육 법령

"교육 법령 제23조:
돌로레스 제인 엄브릿지를
호그와트 장학사로 임명한다."

—포고령, 〈해리 포터와 불사조 기사단〉

교육 법령은 마법부가 호그와트 규율 강화와 위반 학생 처벌을 목적으로 내세워 만든 법률로, 〈해리 포터와 불사조 기사단〉에서 어둠의 마법 방어술 교수로 부임한 돌로레스 엄브릿지 교수가 시행한다. 이 포고령들은 학교 통제권을 덤블도어에게서 빼앗기 위한 시도다. 법령의 맨 마지막에 "관련 이사회의 승인"을 받아야 한다는 내용을 밝힌 부분은, 정부 발표가 흔히 그러함을 영리하게 모방한 문구가 적혀 있다. "어쩌고저쩌고 이러쿵저러쿵 이렇게 저렇게……."

왼쪽 위: 〈해리 포터와 불사조 기사단〉에서 돌로레스 엄브릿지는 마법부에서 임명한 장학사의 권한으로 호그와트 학생들을 위축시키고 통제하는 교육 법령을 100개도 넘게 발표한다.
왼쪽 아래: 연회장 문 주변에 게시된 교육 법령들을 스케치한 게리 조플링의 그림.
오른쪽: 관리인 아구스 필치가 돌벽에 새로운 법령을 거는 장면 스토리보드.
옆쪽 위: 마법부 신분증 겉면.
옆쪽 가운데, 아래: 마팔다 홉커크(소피 톰슨)와 레그 캐터몰(스테판 로드리)의 신분증.

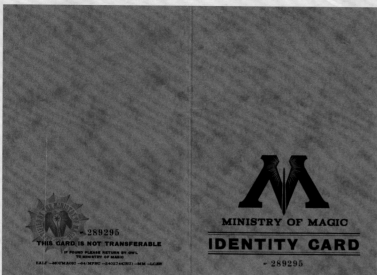

마법부 신분증

"궁금할까 봐 말해주는데,
나는 레그 캐터몰이야.
마법 유지부 소속이지."

—론 위즐리, 〈해리 포터와 죽음의 성물 1부〉

신 분증은 〈해리 포터와 죽음의 성물 1부〉 때 만들어졌다. 해리, 론, 헤르미온느는 폴리주스 마법약으로 마법부 직원으로 변신한 뒤 신분증을 가지고 마법부에 침투한다. 신분증은 움직이는 이미지와 움직이지 않는 이미지를 담은 2가지 형태로 만들었고, 사진이 들어가는 자리에는 그린스크린 종이를 붙였다.

머글 태생 등록 위원회

"난 혼혈이에요! 아버지가 마법사죠!"
—겁에 질린 남자, 〈해리 포터와 죽음의 성물 1부〉

돌로레스 엄브릿지가 마법부에서 저지른 여러 일 중 가장 지독한 것은 머글 태생 등록위원회 위원장으로서 자행되었다. 그 위원회는 〈해리 포터와 죽음의 성물 1부〉와 〈2부〉에서 혼혈 마법사를 등록하고 박해하는 기관이다. 해리는 엄브릿지의 책상에 놓인 불사조 기사단 단원들의 등록 서류 중 죽은 단원들의 사진에 붉은색으로 X 표시가 된 것을 보고 분노를 느낀다.

아래: 그래픽 팀은 머글 태생 등록위원회의 온갖 서류를 만들어냈다. 〈해리 포터와 죽음의 성물 1부〉에서 돌로레스 엄브릿지는 메리 캐터몰에 대한 이 서류들을 살펴본다.
오른쪽: 해리 포터는 돌로레스 엄브릿지의 책상에서 동료들의 서류를 발견한다.
옆쪽: 〈해리 포터와 죽음의 성물 1부〉에 나오는 머글 반대 선전물은 냉전 시대 소련에서 만든 선전물과 유사하게 각지고 장식 없는 스타일이다.

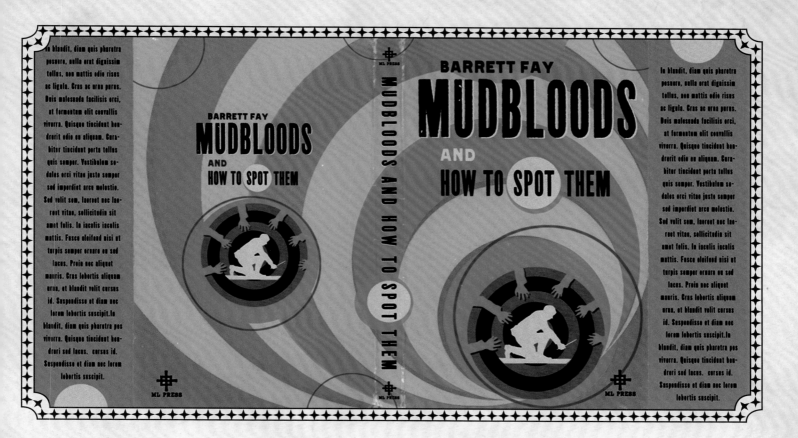

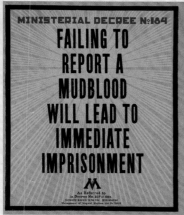

머글 반대 선전물

"일들 계속해요. 진정해요."

—머글 태생 등록위원회의 마법사,
〈해리 포터와 죽음의 성물 1부〉

〈해리 포터와 죽음의 성물 1부〉에서 엄브릿지의 위원회는 《잡종을 알아차리는 법》 같은 머글 반대 서적을 보급한다. 데이비드 예이츠 감독은 미라포라 미나와 에두아르도 리마에게 제1차 세계 대전 이후의 소련 선전물을 살펴볼 것을 제안했다. 사람들 눈을 사로잡고 감정을 고양시키기 위해 원색과 굵은 글씨체를 사용한 그 선전물들은 호그와트와 마법사 세계의 중세적이고 고전적 느낌과 반대된다.

현상 수배 포스터

"부주의의 대가는 죽음이라는 사실을 명심하시오."

—루시우스 말포이의 현상 수배 포스터 중, 〈해리 포터와 죽음의 성물 1부〉

그래픽 팀은 〈해리 포터〉 시리즈 내내 선한 세력과 어둠의 세력 모두를 작업해야 했다. 처음 만들어진 수배 포스터는 〈해리 포터와 아즈카반의 죄수〉에 등장한 시리우스 블랙의 전단이다. 그가 든 판에 적힌 특이한 글씨는 '대략 인간과 비슷하다'는 뜻이다. 에두아르도 리마는 "때로 무거운 주제를 다루기도 하지만, 영화를 작업할 때 즐거운 점 중 하나는 자기 아이디어를 더할 수 있다는 것"이라고 말한다. "시리우스 블랙의 수배 전단을 예로 들면 하단에 부엉이를 통해 제보하라고 썼죠."

〈해리 포터와 죽음의 성물 1부〉에서는 수배 포스터가 훨씬 어두워진다. 죽음을 먹는 자들의 위험성을 알리는 공지가 기피대상자 1번 해리 포터를 잡으라는 포스터로 변해, 마법부에 의해 배포되기 때문이다. 에두아르도 리마와 미라포라 미나는 포스터를 일부러 "손상"시켰는데, 비바람에 시달리거나 다이애건 앨리에서 사람들 손에 훼손되었음을 보여주기 위해서였다.

오른쪽 위, 가운데 아래: 〈해리 포터와 아즈카반의 죄수〉에서 마법사 세계 전체에 붙은 시리우스 블랙의 수배 포스터는 두 가지 판으로 제작되었다. 하나는 사진과 글이 있는 '평범한' 포스터고, 다른 하나는 사진 자리에 그린스크린을 넣은 것이다. 포스트 프로덕션 과정에서 그 자리에 배우 게리 올드먼의 영상이 삽입되었다.

왼쪽 아래, 오른쪽 아래, 옆쪽: 〈해리 포터와 죽음의 성물 1부〉와 〈2부〉에서 다이애건 앨리와 호그스미드에 붙은 포스터들.

WANTED

BY THE MINISTRY OF MAGIC

FENRIR GREYBACK

*Azkaban Id/No. 51922

FENRIR GREYBACK IS A SAVAGE WEREWOLF.
CONVICTED MURDERER. SUSPECTED DEATH EATER.

★ APPROACH WITH EXTREME CAUTION! ★

IF YOU HAVE ANY INFORMATION CONCERNING
THIS PERSON, PLEASE CONTACT YOUR
NEAREST AUROR OFFICE.

MINISTRY OF MAGIC
-AUROR OFFICE-

 **REWARD**

THE MINISTRY OF MAGIC IS OFFERING A REWARD OF 1.000 GALLEONS
FOR INFORMATION LEADING DIRECTLY TO THE ARREST OF FENRIR GREYBACK.

DIRECTOR
AUROR OFFICE / INVESTIGATION DEPT.
No.61042

PRINTED BY THE MINISTRY PRESS - DIAGON ALLEY - ENGLAND - REG.120990/00E.LIMA/00987-000MOM

제 7 장

위즐리 형제의 신기한 장난감 가게

"골라, 골라! 기절 사탕!
코피 누가 사탕!
개학맞이 바겐세일!
구역질 사탕!"

—프레드와 조지 위즐리,
〈해리 포터와 혼혈 왕자〉

제나 기업가 정신이 넘치는 위즐리 쌍둥이는 호그와트에 다니던 시절부터 즐기던 장난들을 발전시켜 위즐리 형제의 신기한 장난감 가게를 차리고, 이를 성공시킨다. 〈해리 포터와 혼혈 왕자〉에서 다이애건 앨리에 세워진 이 가게는 온갖 장난감과 수업을 빼먹게 해주는 과자, 사랑의 묘약을 비롯해 기발하고 신기한 수많은 마법 상품을 판매한다.

미라포라 미나는 "디자인 센스가 없는 두 10대 소년이 차린 4층짜리 마법 장난감 가게의 상품 포장을 하나하나 디자인하는 일은 정말이지 디자이너로서 꿈같은 작업이었다"고 말한다. "우리는 좋은 디자인을 만들겠다는 생각을 버리고 어울리지 않는 색깔과 형편없는 인쇄술을 써야 했어요." 그래도 미라포라 미나와 에두아르도 리마가 프로덕션 디자이너 스튜어트 크레이그에게 제출한 첫 제품 디자인은 너무 예쁘고 정교하다는 평가를 받았다. 미나가 말한다. "크레이그는 우리에게 좀 더 싸구려처럼 만들 수 없느냐고 물었어요. 그래서 폭죽 포장지를 찾아봤죠. 그것들은 정말 싸구려고 인쇄도 늘 형편없거든요." 그들은 값싼 종이를 골랐고 인쇄 오류도 걱정하지 않았다. 미나의 말에 따르면 그 일은 "오른손잡이가 왼손으로 그림을 그리는 것 같은 느낌"이었다.

미나와 리마는 질감을 다양하게 하고, 포장도 종이에 국한되지 않도록 기념품 가게에 가서 작은 양철통을 비롯해 재미있는 물건 여러 가지를 샀다. "우리는 그것들을 보면서 '여기서 건질 게 뭐지? 저거? 좋아' 하는 식으로 고른 후에 나머지를 우리 그래픽으로 채웠어요." 먼저 책에 나오는 제품들을 만

들고, 나머지는 콘셉트와 그래픽 아티스트들이 만들어냈다. 진열대를 채우기 위해 인원이 거의 3배로 늘어난(3명에서 8명) 그래픽 팀은 별로 많지 않은 시간 동안 아주 많은 제품을 만들었다. 리마는 "140개 정도의 제품을 디자인했다"고 밝혔다. "그리고 그 각각을 200개에서 4000개까지 만들었죠." 위즐리 형제의 장난감 가게에 놓인 전체 물품 수는 약 4만 개였다. 그 모든 것이 자체 제작됐으며, 화면에 비친 시간은 2분도 채 되지 않는다.

현란하게 디자인된 상자와 병 속에는 책에 묘사되는 많은 장난감이 담겼는데, 그 일부는 전편들에 이미 나왔고 일부는 이후에 등장한다. 위즐리 쌍둥이는 언제나 무언가를 개발하고 있기 때문에 〈해리 포터와 불사조 기사단〉에서 처음 선보인 늘어나는 귀가 코피 누가, 발열 사탕, 기절 팬시의 꾀병용 과자 세트 옆에 진열된 모습은 반가운 느낌을 준다. 〈해리 포터와 불의 잔〉에

152쪽: 〈해리 포터와 혼혈 왕자〉의 원더위치 상품 진열대 콘셉트 아트(애덤 브록뱅크).
옆쪽: 얼굴이 깨끗해진 상태의 '10초면 사라지는 여드름 약' 상품 전시대.
위: 내용물을 닮은 '날씨 통' 제품군 용기들을 시각화한 애덤 브록뱅크의 그림. 작은 회오리바람이 구불구불한 회오리 통 안에서 소용돌이치고, 축축한 날씨 통은 우산 뚜껑에 덮여 있으며, 스노글로브를 연상시키는 눈보라 통 안에는 비명을 지르는 오두막이 조그맣게 축소되어 담겨 있다.
오른쪽: 구역질 사탕 전시대 초기 콘셉트 아트.
156~157쪽: 미라포라 미나와 에두아르도 리마가 이끄는 그래픽 팀이 디자인한 여러 포장지와 로고. 팀원들은 색의 현란함이나 서체의 완성도에 연연하지 않았다.

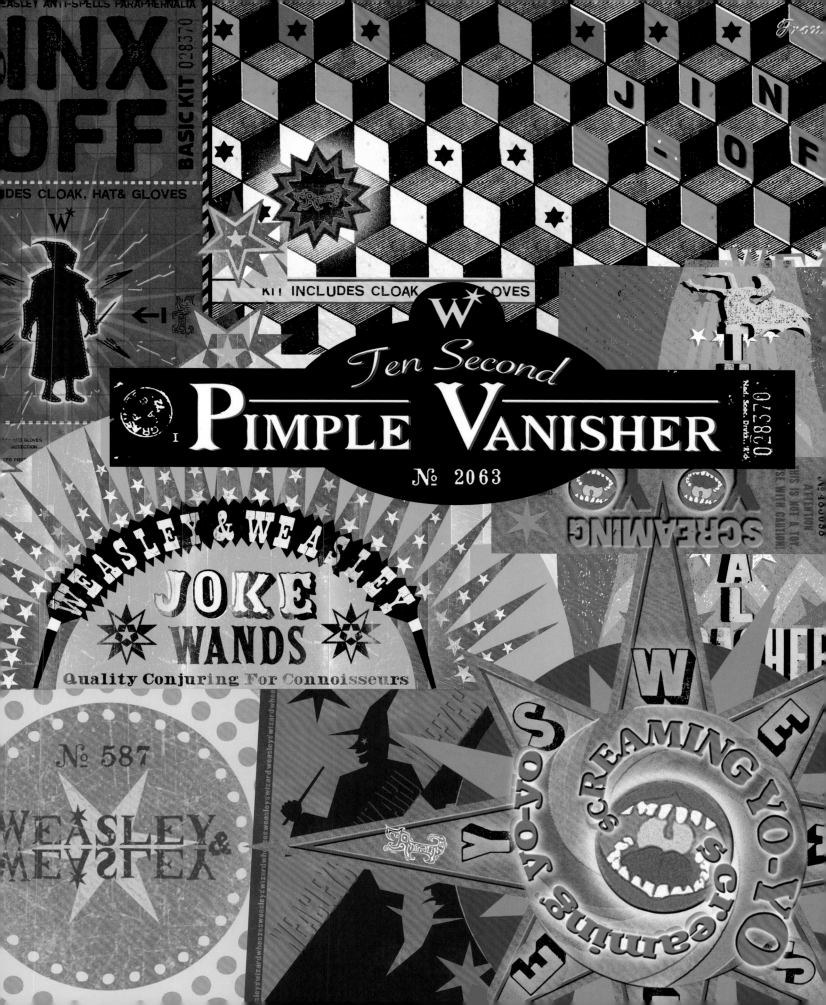

나오는 어둠의 표식을 본뜬 과자나 돌로레스 엄브릿지가 ("질서를 확립하겠어요!"라고 말하며) 곡예 자전거에 앉아 외줄을 타는 장난감은 어둠의 세력을 조롱한다. 해리 포터가 〈해리 포터와 죽음의 성물 1부〉에서 사람들의 관심을 분산시키려고 사용하는 위장용 폭음탄은 위즐리 가게에서 온 것이 분명하다. 쌍둥이들은 심지어 아버지의 자동차인 하늘을 나는 포드 앵글리아도 에비에 이터모빌이라는 장난감으로 만들어 판매한다.

소품 미술 감독 해티 스토리는 그 가게 안에 "주인공 소품이 가득"하다고 말한다. "주인공 소품이 너무 많아서 그걸 다 보여줄 시간이 없었어요. 그 장면은 아주 짧으니까요. 하지만 감독이 어떤 물건을 스크린에 담을지 몰랐기 때문에 그냥 모든 걸 다 만들었죠." 하지만 해티 스토리는 많은 팬이 이 장면을 한 번 이상 보리라는 사실을 알았다. "이런 영화를 볼 때마다 새롭게 무언가를 발견하는 일은 팬들에게 큰 즐거움이죠." 제임스 펠프스(프레드 위즐리)도 비슷한 말을 한다. "위즐리 형제의 장난감 가게에는 물건이 정말 많아요. 며칠을 거기 있어도 다 못 볼걸요."

위즐리 형제의 장난감 가게의 무수한 상품이 만들어지는 동안, 콘셉트 아티스트들은 가게의 특별한 전시물들도 고안했다. 애덤 브록뱅크가 말한다. "많은 것이 책에 설명되어 있지만 모양까지는 나오지 않아요." 전시물 중 하나는 구역질 사탕 판매대였다. 구역질 사탕은 위즐리 형제의 꾀병용 과자 세트 중 하나다. 미라포라 미나와 에두아르도 리마가 1950년대의 싸구려 플라스틱과 양철 장난감을 연상시키는 그래픽을 선택하자, 브록뱅크는 (어린이와 동물 모양이 많은) 1950년대 영국의 자선품 기증 상자들을 참고해서 디자인을 완성했다. "그 전시대는 재미있는 동시에 약간 역겨워야 했어요. 그래서 여자아이 인형이 양동이에 대고 토하는 모습으로 만들었죠. 인형이 구역질 사탕을 토해내면 컵에 원하는 만큼 사탕을 받아서 살 수 있어요."

디자인이 승인되자 피에르 보해나의 팀은 녹색과 자주색 실리콘 사탕을 끝없이 토해내는 푸르딩딩한 얼굴의 1.8미터짜리 소녀 인형을 만들었다. 사탕은 고리를 이루어 순환한다. 해티 스토리는 그것이 "분위기를 확 살렸다"고 말한다. 또 다른 소품은 10초 안에 여드름을 없애주는 약이다. 브록뱅크가 말한다. "우리가 '여드름이 튀어나왔다가 사라지는 장치를 만들자'고 얘기

158

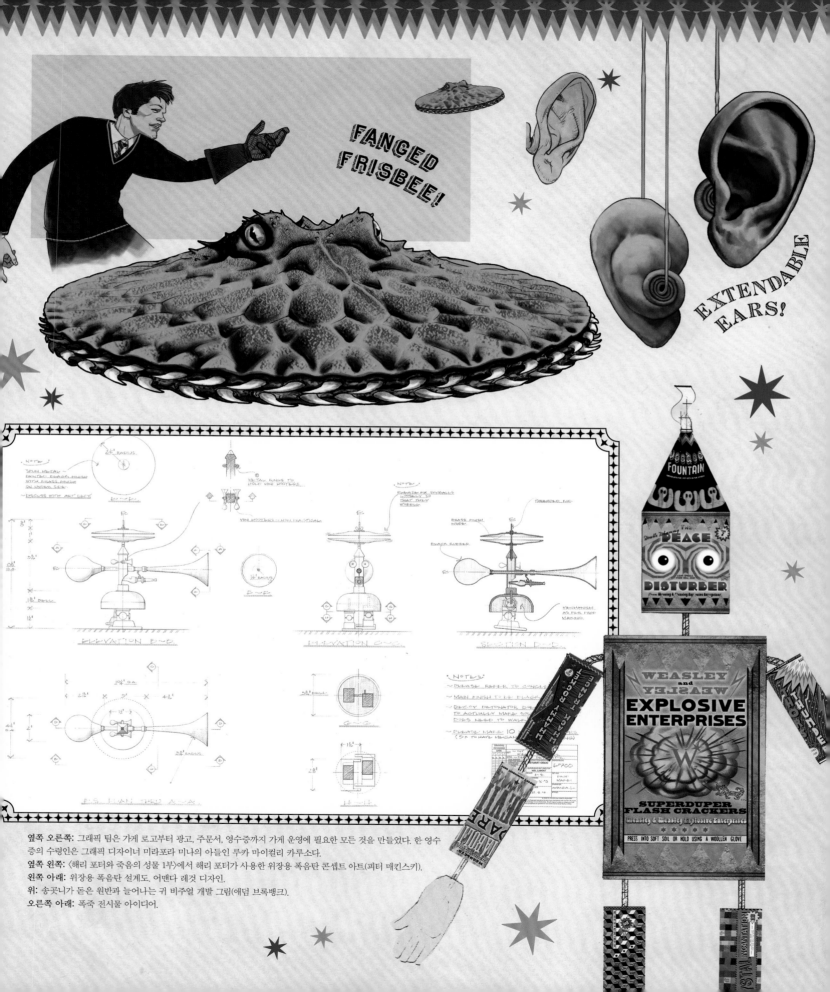

FANGED FRISBEE!

EXTENDABLE EARS!

PEACE DISTURBER

WEASLEY and WEASLEY EXPLOSIVE ENTERPRISES

SUPERDUPER FLASH CRACKERS

Weasley & Weasley Explosive Enterprises

PRESS INTO SOFT SOIL OR HOLD USING A WOOLLEN GLOVE

옆쪽 오른쪽: 그래픽 팀은 가게 로고부터 광고, 주문서, 영수증까지 가게 운영에 필요한 모든 것을 만들었다. 한 영수증의 수령인은 그래픽 디자이너 미라포라 미나의 아들인 루카 마이컬리 카루소다.

옆쪽 왼쪽: 〈해리 포터와 죽음의 성물 1부〉에서 해리 포터가 사용한 위장용 폭음탄 콘셉트 아트(피터 매킨스키).

왼쪽 아래: 위장용 폭음탄 설계도. 어맨다 레겟 디자인.

위: 송곳니가 돋은 원반과 늘어나는 귀 비주얼 개발 그림(애덤 브록뱅크).

오른쪽 아래: 폭죽 전시물 아이디어.

하자, 보해나가 눈을 굴리며 고개를 까딱이는 그 장치를 만들었죠." 전시물 중 하나는 가게 바깥에 있다. 크기가 6미터에 이르는 위즐리 쌍둥이 중 1명의 조각상이다. 이 거대 인형은 모자를 들어서 토끼를 드러냈다가 감추는 흔한 머글 마술을 한다. 미라포라 미나는 "마법사 어린이들이 그냥 지나칠 수 없는 가게를 만들려고 했"다고 말한다. "그러면서 익숙한 호그와트 스타일에서도 잠시 벗어났죠."

왼쪽 아래: 10초면 사라지는 여드름 약 전시대 비주얼 개발 그림(애덤 브록뱅크). 머리 안에 리모컨으로 조종되는 장치가 들어서 여드름이 나타났다가 사라지기를 반복한다.
오른쪽, 오른쪽 아래: 사탕을 끝없이 토해내며 눈길을 잡아끄는 구역질 사탕 판매기.
옆쪽 위: 비명 지르는 요요 비주얼 개발 그림(애덤 브록뱅크).
옆쪽 아래, 왼쪽에서 오른쪽: 위즐리 형제의 장난감 가게의 코를 깨무는 찻잔과 어둠의 표식 젤리. 젤리의 두께와 생김새를 알 수 있는 브록뱅크의 어둠의 표식 젤리 콘셉트 아트.

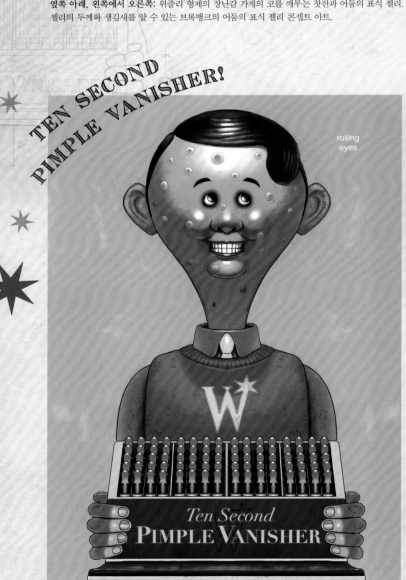

TEN SECOND
PIMPLE VANISHER!

rolling
eyes

Ten Second
PIMPLE VANISHER

Weasleys'
PUKING
PASTILLES

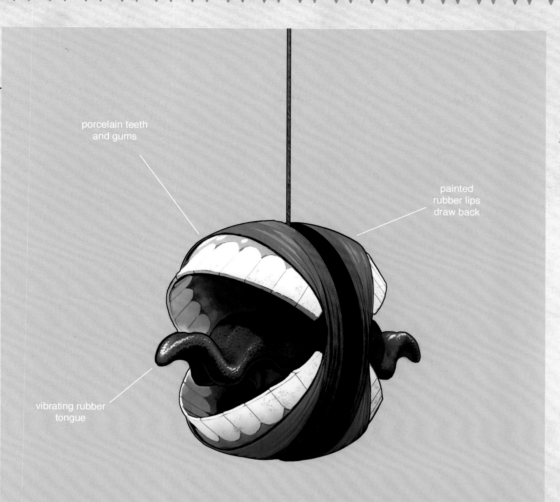

porcelain teeth
and gums

painted
rubber lips
draw back

vibrating rubber
tongue

SCREAMING
YO-YO

EDIBLE DARK MARK

DOUBLE-TROUBLE TRICKS

STICKY TRAINERS

쪽 왼쪽 위: 위즐리 형제의 장난감 가게에서는 손 락질도 결례가 아니다.

쪽: 벽을 걸어 올라가게 해주는 끈끈이 운동화를 린 애덤 브록뱅크의 콘셉트 아트(왼쪽 가운데)와 터 매킨스트리의 콘셉트 아트(오른쪽 위, 오른쪽 운데), 제품이 실제로 진열대에 놓인 모습(아래).

: 애덤 브록뱅크의 외줄 타는 외발자전거 장난감 셉트 아트 두 점. 오른쪽은 돌로레스 엄브릿지 인 을 활용했다.

래: 그래픽 팀이 디자인하고 라벨을 붙인 원더위 제품들.

탕: 해티 스토리의 사랑의 묘약 병 스케치.

LOVE POTION

LOVE POTION

LOVE POTION

BEAUTY POTIONS ⋅ SINCE 1952
WONDER Witch

GLASS BOTTLE

METAL TRAP

BROOM BROOM *kit*

Bling up your broom!

SKIVING SNACKBOXES

그래픽 팀이 수천 개의 제품 포장을 디자인하면, 소품 팀이 그것을 다량으로 만들어서 화면에 2분도 채 나오지 않는 장면에 배치했다.

옆쪽: 위즐리 형제의 가게에는 장난감이 아닌 제품들도 있다. '그 사람(You-Know-Who)'에 대한 생각 때문에 꽉 막힌 속을 뚫어줄 '대변-자(U-No-Poo)' 아이디어들.
이쪽: 위즐리 가게의 물품 참고 사진들. '빗자루 광내기' 장비와 최고 인기 제품인 꾀병용 과자 세트.

SUGAR HEXES

SUGAR HEXES

PUKING PASTILLES

FEVER

Fainting fancies

SKIVING SNACKBOX

제 8 장

마법사
발명품

"주변에 믿지 못할 사람이 있으면
불이 켜지면서 빙글빙글 돌아. 이런 게
있어서 나쁠 건 없다고 생각했지."

─ 론 위즐리,
〈해리 포터와 아즈카반의 죄수〉 중
삭제된 장면

딜루미네이터

**"론 빌리우스 위즐리에게
딜루미네이터를 남긴다. 내가 만든 것으로,
세상이 어둠으로 뒤덮였을 때
빛을 보여줄 것이다."**

—루퍼스 스크림저가 낭독한 알버스 덤블도어의 마지막 유언,
〈해리 포터와 죽음의 성물 1부〉

〈해리 포터와 마법사의 돌〉에서 관객들은 알버스 덤블도어가 프리벳가에서 가로등을 끈 조그만 물건이, 멋진 마법 장치에 그치지 않고 더욱 중요한 의미가 담고 있음을 전혀 알지 못했다. 활성화되면 빛을 빨아들이고, 이후에 과정을 되짚어 빨아들인 빛을 내뿜는 이 장치는 덤블도어가 죽은 뒤 〈해리 포터와 죽음의 성물 1부〉에서 론 위즐리에게 유증된다. 해리, 헤르미온느, 론이 머글 세계로 달아난 뒤 루치노 카페에서 죽음을 먹는 자들에게 공격을 당할 때 효과를 발휘한 이 장치의 가장 중요한 능력은 원위치로 복귀시키는 힘이다. 말다툼 끝에 친구들을 떠난 론은 어느 날 딜루미네이터에서 나오는 헤르미온느의 목소리를 듣는다. 그것을 켜자 작은 빛이 흘러나와 그의 가슴으로 들어오고, 론은 그 빛이 자신을 해리와 헤르미온느에게 데려다주리라고 직감한다. 론에게 딜루미네이터가 없었다면 친구들과 재회해서 후에 호크룩스 로켓을 파괴하는 그리핀도르의 검을 찾지 못했을 것이다.

순수한 기계 장치인 딜루미네이터의 양쪽에는 작은 뚜껑이 있다. 옆면의 스위치를 올리면 뚜껑 하나가 젖혀지고 안에서 작은 조각이 튀어나오는데, 그 조각에서 다시 더 작은 뚜껑 하나가 나와 빛을 빨아들이거나 내뿜는다. 〈해리 포터와 죽음의 성물 1부〉에 나오는 딜루미네이터는 〈해리 포터와 마법사의 돌〉에 나오는 것과 모습이 다르다. 피에르 보해나가 말한다. "우리는 딜루미네이터를 다시 만들었어요. 덤블도어가 그것을 론에게 물려주었기 때문이죠. 우리는 덤블도어가 그 장치를 개선했으리라고 생각했어요." 처음 등장한 딜루미네이터는 작은 불빛이 발생해 그것이 떠오르며 빛을 밝혔지만, 론이 받은 딜루미네이터에서는 그 빛이 없어지고 크기도 줄었다. 두 딜루미네이터 모두 현장에서 가공한 준보석인 공작석으로 마감됐다.

166쪽: 〈해리 포터와 불사조 기사단〉에 나오는 마법사 라디오 네트워크 콘셉트 아트(앤드루 윌리엄스).
아래: 〈해리 포터와 마법사의 돌〉에서 알버스 덤블도어(리처드 해리스)가 아기 해리 포터를 기다리며 딜루미네이터로 프리벳가의 가로등 불빛을 없애고 있다.
위: 〈해리 포터와 죽음의 성물 1부〉의 딜루미네이터 최종 모습.
옆쪽: 〈해리 포터와 죽음의 성물 1부〉에서 디자인과 구조가 달라진 딜루미네이터 초기 그림(피터 매킨스트리, 위)과 설계도(해티 스토리, 아래).

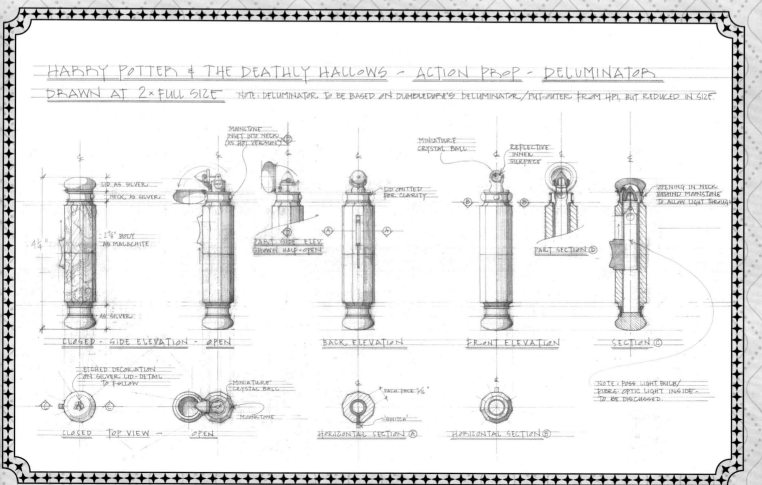

호울러

**"뜯어봐, 론.
나도 안 뜯어봤다가 더 혼났어."**
—네빌 롱바텀, 〈해리 포터와 비밀의 방〉

호울러는 보내는 사람의 목소리를 전하는 마법 편지로, 대개 좋지 않고 격렬한 내용을 담고 있다. 론 위즐리는 〈해리 포터와 비밀의 방〉에서 마법이 걸린 아버지의 차를 타고 해리와 함께 호그와트에 간 일 때문에 어머니 몰리에게서 호울러를 받는다. 디자이너 미라포라 미나는 "그냥 편지 봉투에 얼굴을 새겨 넣는 대신 편지 자체가 말을 하게" 만들었다. 미나는 종이접기 놀이에서 아이디어를 얻었다. "적용하기 좋은 게 많았죠. 편지를 감싼 리본이 혀가 되는 것처럼요. 안에 든 흰 종이는 빨간 입 안쪽의 이빨이 되고요." 미나는 몰리 위즐리의 질책 내용을 종이에 쓰고 그것을 디지털로 변경시켰다. 호울러가 진짜로 말하는 것처럼 보이게 만들기 위해, 각 발음의 실제 입 모양을 흉내 내는 형태들이 참고 자료로 디자인되었다.

옆쪽: 〈해리 포터와 비밀의 방〉에 나오는 호울러의 단계 변화 비주얼 개발 그림(애덤 브록뱅크). 위즐리가의 밀랍 봉인이 찍힌 봉투가 열려 종잇조각을 내뿜으며 꾸중을 퍼붓는다.
왼쪽 위: 론 위즐리가 어머니의 성난 목소리에 쩔쩔매고 있다.
왼쪽 가운데: 최종 결정된 호울러의 봉투와 주소 라벨.
아래: 손으로 쓴 편지(오른쪽)가 봉투 안쪽에 든 호울러 3D 모형. 편지의 필체가 내용의 온도 차에 따라 어떻게 바뀌는지에 주목해보자.
작은 스케치들: 호울러의 입 동작을 만들기 위해 고안한 발음 형태들. 위에서 아래로 [이] [치] [프] (영어의 f) [아] 발음을 나타낸다.

Ronald Weasley!
How dare you steal
that car! I am
absolutely disgusted!
Your father's now
facing an enquiry
at work & it's all
your fault! If you
put another toe out
of line we'll bring
you straight home!
oh. and ginny dear.
CONGRATULATIONS
ON making
GRYFFINDOR.
YOUR FATHER AND I
ARE SO PROUD.

버로우의 시계들

"지저분하지만, 우리 집이야."
—론 위즐리, 〈해리 포터와 비밀의 방〉

해리 포터는 〈해리 포터와 비밀의 방〉에서 처음으로 마법사 가족의 집을 방문한다. 친구 론 위즐리의 가족이 사는 버로우다. 그 집에는 시간 말고 다른 것들을 알려주는 시계를 포함해서 움직이는 마법 도구가 가득하다. 부엌 입구 왼쪽에는 '해야 할 집안일'을 알려주는 시계가 걸려 있는데, 할 일을 적은 나무 표지들을 갈아 끼울 수 있다. 콘셉트 아티스트 시릴 놈버그가 디자인한 이 시계에는 부엉이 모양의 추가 달려 있으며, 할 일들의 목록으로는 "정원의 땅신령 없애기", "숙제하기", "차 끓이기", "차 더 끓이기" 등이 있다.

집 안쪽에 있는 화려한 색채의 괘종시계는 식구들이 어디 있는지를 (그리고 그들이 위험한 상태인지 어떤지를) 알려준다. 이 낡은 시계는 가윗날이 침역할을 하는데, 손잡이 부분에 그린스크린 재료를 붙여 포스트 프로덕션 과정에서 배우들의 영상을 넣었다. 이 시계는 〈해리 포터와 혼혈 왕자〉에서 죽음을 먹는 자들이 버로우를 공격할 때 망가지는데, 그 뒤로 놈버그가 〈해리 포터와 비밀의 방〉 때 디자인한 초기 콘셉트 아트와 비슷한 갈색 나무 시계로 대체된다.

왼쪽 위: 〈해리 포터와 비밀의 방〉에 나오는 위즐리가 부엌 시계의 초기 콘셉트(애덤 브록뱅크). 지팡이가 침처럼 움직이며 해야 할 집안일을 알려준다.
오른쪽: 방에 비해서 지나치게 큰 듯한 위즐리가의 첫 번째 거실 괘종시계. 가족들이 어디 있는지를 알려준다.
옆쪽 왼쪽 아래: 나무 표지를 바꿔 끼울 수 있는 놈버그의 부엌 시계 초기 콘셉트 아트.
옆쪽 위: 놈버그의 디자인은 〈해리 포터와 비밀의 방〉에서 위즐리가 부엌 시계에 사용되었다.
옆쪽 오른쪽 가운데: 〈해리 포터와 혼혈 왕자〉에서 죽음을 먹는 자들이 버로우를 불태워 새 거실 시계가 필요해진다. 원래 시계에 있던 식구들 위치를 알리는 기능을 담은 신원 미상 아티스트의 콘셉트 아트.
옆쪽 오른쪽 아래: 망가진 시계의 남은 부분을 새 시계에 옮겨 붙인 모습. 몰리 위즐리로 추정되는 여자 마법사가 버로우 위를 날고 있다.

스스로 뜨개질하는 바늘

"아늑한데?"

—해리 포터, 〈해리 포터와 비밀의 방〉

〈해리 포터와 마법사의 돌〉의 의상 디자이너 주디애나 매커브스키는 일찌감치 위즐리가의 패션은 집에서 만든 느낌에 색채는 붉은색 보색 계열이라고 결정했다. 책에 몰리 위즐리가 뜨개질을 좋아한다고 나오기 때문에 〈해리 포터와 비밀의 방〉의 의상 디자이너 린디 헤밍도 매커브스키의 방침을 이어받아 가족의 옷을 털실로 장식했다. 소품 제작자들 역시 그런 기조 속에서 (몰리의 다음 작품을 완성 중인) 마법 뜨개질 기계를 만들었다. 버로우를 처음 방문한 해리는 뜨개질이 절로 이루어지는 모습을 보며 즐거워한다. 장치는 단순한 기계적 효과로 만들어졌다. 털실 옷감 뒤에 숨은 기계가 뜨개바늘을 단순히 앞뒤로 움직인 것이다. 제작진 중 한 명의 어머니가 실제로 뜨개질하는 모습을 몇 시간 동안 촬영해, 이를 참고 자료로 삼아 기계의 동작을 자연스럽게 만들었다.

슬라이드 프로젝터

**"사정상 결근했다,
그렇게만 알아둬."**

—세베루스 스네이프,
〈해리 포터와 아즈카반의 죄수〉

스네이프 교수는 〈해리 포터와 아즈카반의 죄수〉에서 루핀 교수를 대신해 어둠의 마법 방어술 수업을 진행할 때, 프로젝터로 슬라이드를 보여주면서 늑대인간의 역사를 가르친다. 프로덕션 디자이너 스튜어트 크레이그는 1950년대보다 훨씬 이전 시대의 기술을 가져왔다. 스네이프가 사용하는 19세기 프로젝터는 거울과 유리 슬라이드, 마법 동력원을 사용하는 17세기의 마법 랜턴과 유사하다.

옆쪽 위: 스스로 뜨개질하는 몰리 위즐리의 마법 뜨개바늘.
옆쪽 아래: 〈해리 포터와 비밀의 방〉에 나온 위즐리가의 거실. (아이들과 친구들의 복장에서도 발견되는) 몰리의 뜨개질 흔적이 곳곳에 보인다.
위: 〈해리 포터와 아즈카반의 죄수〉에서 스네이프 교수는 병에 걸린 루핀 교수를 대신해 수업하면서 슬라이드 프로젝터를 사용한다. 이 (학생이 없는) 참고 사진 속 스크린에 뜬 슬라이드의 그림은 레오나르도 다 빈치의 인체 비례도를 늑대인간 판으로 바꾼 듯하다.
오른쪽: 세베루스 스네이프가 "마법" 랜턴을 작동시키는 모습 콘셉트 아트(더멋 파워).

스니코스코프

"내가 더비시와 뱅스에서 끝내주는 걸 샀어."

—론 위즐리, 〈해리 포터와 아즈카반의 죄수〉 중 삭제된 장면

호그와트에서 부모님이나 보호자의 허락을 받은 3학년 학생은 인근 마을 호그스미드를 방문할 수 있는데, 허락을 받지 못한 해리 포터는 친구들과 함께 가지 못한다. 촬영했지만 영화에 들어가지 못한 한 장면에서 론은 해리의 기분을 풀어주기 위해 더비시와 뱅스에서 산 어둠의 마법 탐지기 스니코스코프를 선물한다. 팽이처럼 생긴 이 도구는 주변에 어둠의 마법이나 잘못된 마법이 일어나면 불빛과 소리를 내면서 회전한다. 콘셉트 아티스트 더멋 파워는 스니코스코프를 다양한 방식과 모양으로 고안하고, 소품 팀에 작동 방식과 사용 재료에 대해서도 제안했다.

옆쪽: 콘셉트 아티스트 더멋 파워가 〈해리 포터와 아즈카반의 죄수〉의 삭제된 장면에 나오는 스니코스코프를 12가지도 넘는 방식으로 연구한 그림 중 일부. 스니코스코프는 금속 재질 또는 화려한 색채의 외관을 하고, 주변에 어둠의 세력이 있으면 빛과 소리를 내면서 팽이처럼 돌며 경고를 보낸다.
오른쪽 위: 더멋 파워는 스니코스코프의 작동 방식까지도 연구해 제안했다.
아래: 〈해리 포터와 혼혈 왕자〉에서 위즐리 형제의 신기한 장난감 가게에서 판매하는 최종 스니코스코프와 그래픽 팀이 디자인한 포장 상자.

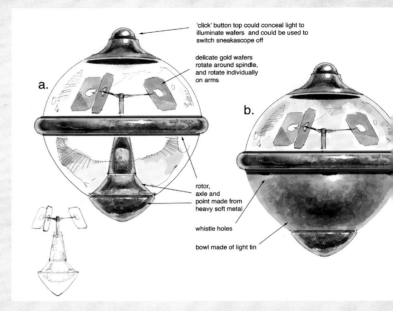

'click' button top could conceal light to illuminate wafers and could be used to switch sneakascope off

delicate gold wafers rotate around spindle, and rotate individually on arms

a.

b.

rotor, axle and point made from heavy soft metal

whistle holes

bowl made of light tin

수중 관람경

"쟤 왜 저래?"
"몰라, 안 보여!"
—시무스 피니간과 딘 토마스, 〈해리 포터와 불의 잔〉

트리위저드 시합 두 번째 과제 때, 4명의 챔피언이 친구들을 구하러 검은 호수에 들어가면 관객들이 그 모습을 볼 수 있게 해주는 수중 관람경이 만들어졌다. 탑처럼 생긴 몸체 왼쪽에 물속으로 들어가는 유연한 튜브들이 달려 있는데, 관람경 중 실제로 제작된 부분은 그 튜브들뿐이다.

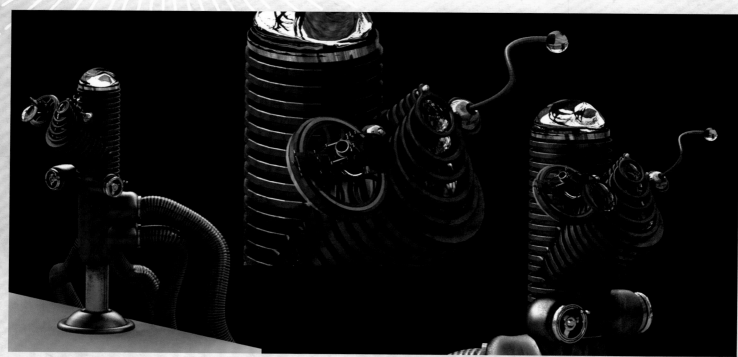

옴니큘러

"더 가요? 좌석이 어디에요?"
—론 위즐리, 〈해리 포터와 불의 잔〉

〈해리 포터와 불의 잔〉에서 제422회 퀴디치 월드컵 결승전을 보러 간 론 위즐리는 경기장 꼭대기 좌석에서 경기를 더 잘 보기 위해 옴니큘러를 사용한다.

위, 가운데: 〈해리 포터와 불의 잔〉 중 검은 호수 속에서 두 번째 과제를 수행하는 4명의 트리위저드 챔피언을 보기 위한 촉수 형태의 관람경 비주얼 개발 그림(폴 캐틀링).
오른쪽: 〈해리 포터와 불의 잔〉 초반에 론 위즐리가 퀴디치 월드컵 경기에서 사용하는 옴니큘러 콘셉트 아트(폴 캐틀링).
옆쪽 왼쪽 위: 〈해리 포터와 불사조 기사단〉에서 마법부를 청소하는 기계 스토리보드 이미지.
옆쪽 오른쪽 위: 작동 방식을 알 수 있는 애덤 브록뱅크의 청소 기계 콘셉트 아트.
옆쪽 아래: 건물에 입장하는 마법사들이 지팡이로 출입을 기록하는 보안 수단을 그린 브록뱅크의 일러스트.

마법부 기계

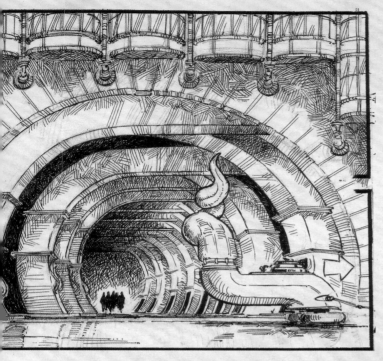

콘셉트 아티스트들은 영화 화면을 풍성하게 만들기 위해 다양한 가능성을 탐색한다. 〈해리 포터와 불사조 기사단〉에서 해리 포터가 청문회에 참석하기 위해 아서 위즐리와 함께 마법부 안뜰을 지나가는 장면에서, 애덤 브룩뱅크는 마법부 운영과 관련되는 여러 가지 아이디어를 내놓았다. 입구에서 마법 지팡이를 확인하는 보안 장치가 고려되고 내부에 들어간 집요정이 움직이는 청소 기계가 구상되었지만, 안타깝게도 두 기계 모두 영화에는 등장하지 않았다.

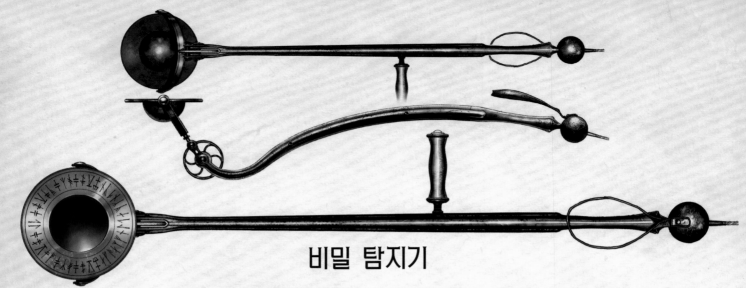

비밀 탐지기

"그건 걱정하지 말게. 내가 책임지지."

—세베루스 스네이프, 〈해리 포터와 혼혈 왕자〉

볼드모트 경이 돌아왔다는 소식이 마법 세계에 퍼지자 호그와트는 학생과 교수 들을 위해 보안 조치를 취한다. 〈해리 포터와 혼혈 왕자〉에서 호그와트에 들어오는 모든 사람과 물건은 아구스 필치가 만든 비밀 탐지기로 조사를 받는다. 마법 세계의 장치들은 머글 세계와 비슷한 것이 많다. 비밀 탐지기 역시 금속 탐지기와 비슷하게 작동하는 듯하다.

위: 〈해리 포터와 혼혈 왕자〉에 나오는 비밀 탐지기의 여러 가지 아이디어 콘셉트 아트(애덤 브룩뱅크).
아래: 아구스 필치(데이비드 브래들리)가 호그와트 정문에서 비밀 탐지기를 사용하는 모습. 브룩뱅크의 그림이 화면에 그대로 옮겨졌다.
옆쪽 위: 〈해리 포터와 불사조 기사단〉에서 마법부 공지를 방송하는 마법사 라디오 비주얼 개발 그림(앤드루 윌리엄슨).
옆쪽 아래: 마법사 라디오 내부 설계도.

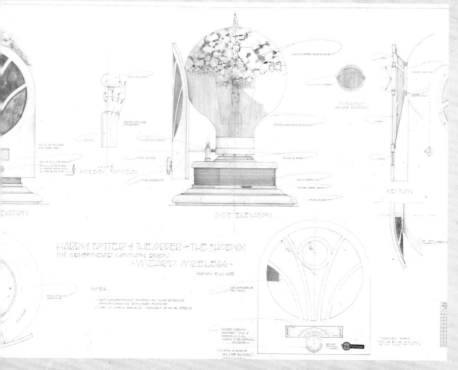

마법사
라디오

"날씨가 변했다.
번개가 쳤다."

—나이젤 윌퍼트, 〈해리 포터와 죽음의 성물 2부〉

라디오 장치는 〈해리 포터〉 영화 두 편에 등장한다. 〈해리 포터와 불사조 기사단〉에서 해리, 론, 헤르미온느는 그 리핀도르 휴게실에 있는 이 장치로 마법부가 볼드모트 경이 돌 아온 것을 부인하는 선언을 듣는다. 〈해리 포터와 죽음의 성물 2부〉에서는 필요의 방에 숨은 네빌 롱바텀이 덤블도어의 군대 동료 나이젤에게 암호 메시지를 보내서 불사조 기사단에게 해리 가 호그와트에 있다는 사실을 알리라고 말한다.

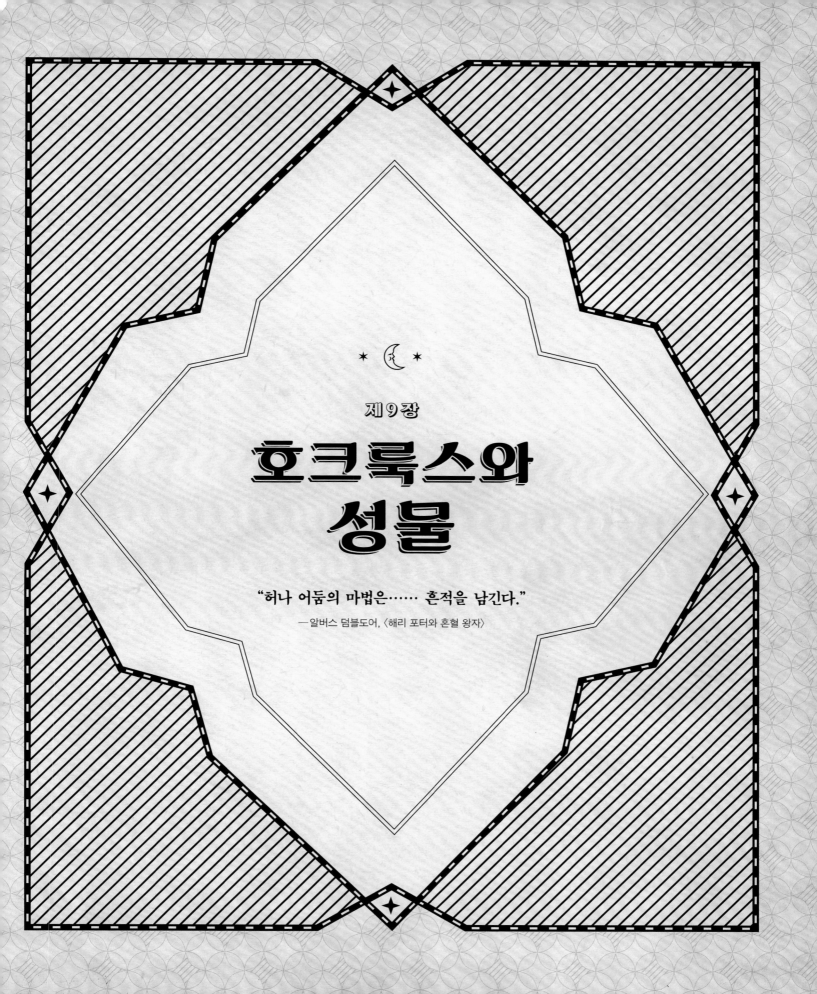

제 9 장

호크룩스와 성물

"허나 어둠의 마법은⋯⋯ 흔적을 남긴다."

—알버스 덤블도어, 〈해리 포터와 혼혈 왕자〉

> "호크룩스를 전부 찾아내 파괴하면……."
> "볼드모트가 죽게 되지."
>
> —해리 포터와 알버스 덤블도어, 〈해리 포터와 혼혈 왕자〉

톰 리들이라고 불리던 어린 시절의 볼드모트 경은 불멸을 얻기 위해 마법약 교수 호레이스 슬러그혼을 꾀어서 호크룩스의 정체(영혼의 일부를 물체나 생명체에 떼어 넣어서 자신의 신체를 보호하는 것)와 만드는 방법을 알아낸다. 볼드모트 경은 모두 7개의 호크룩스를 만들고, 해리 포터는 그것을 찾아내야 한다. 호크룩스를 없애면 볼드모트 경을 물리칠 수 있기 때문이다. 영화는 이 물건들, 겉보기에는 그저 컵, 반지, 책, 뱀, 보관, 목걸이 그리고 살아남은 소년일 뿐인 것들을 따라 흘러간다. 그래서 호크룩스들의 디자인은 특별하고 강렬해야 했다. 어쩌면 이들이 〈해리 포터〉 시리즈에서 가장 중요한 마법 도구들이기 때문이다.

182쪽: 〈해리 포터와 죽음의 성물 2부〉의 결말 무렵, 호크룩스이자 죽음의 성물인 마볼로 곤트 반지의 부활의 돌이 해리 포터가 첫 퀴디치 경기 도중 잡은 골든 스니치 안에서 나타난다.
오른쪽: 해리 포터의 노트. 호크룩스 추적에 필요한 중요 메모들이 적혀 있다.
아래: 파괴된 두 개의 호크룩스인 톰 리들의 일기와 마볼로 곤트의 반지가 알버스 덤블도어의 책상에 놓여 있다. 〈해리 포터와 혼혈 왕자〉 소품 참고 사진.
옆쪽: 파괴된 호크룩스인 톰 리들의 일기의 또 다른 모습. 〈해리 포터와 비밀의 방〉에서 바실리스크의 이빨에 찔렸다.

톰 리들의 일기

**"비밀의 방을 또 열면 들킬 것 같기에 일기를 썼지.
내 열여섯 해 삶을 기록, 새 후계자가 나타나면
슬리데린의 업적을 완성할 수 있게!"**

—톰 마볼로 리들(볼드모트 경), 〈해리 포터와 비밀의 방〉

주인공 소품을 만들 때 (이 경우에는 "악당" 소품이라고 해야겠지만) 소품 제작자들은 그것이 영화 내용에 따라 상태가 어떻게 변하는지 잘 알아두어야 한다. 톰 리들의 일기는 〈해리 포터와 비밀의 방〉에서 루시우스 말포이가 지니 위즐리의 물건들 틈에 몰래 넣었을 때는 말끔한 상태였다. 일기의 검은 가죽 표지에는 '파괴 가공'이라 통칭되는, 물건을 두드리고 더럽히고 찢고 문지르는 방식으로 만들어낸 긁히거나 벗겨진 자국 몇 개가 새겨져 있다. 이후에 이 일기는 물에 젖어 손상되고, 마침내 바실리스크의 독으로 파괴된다.

마지막 일기 소품은 내부에 튜브를 넣어서 해리가 뱀의 송곳니로 찌를 때 검은 액체가 쏟아져 나오게 만들었다. 해리가 비밀의 방에서 마주치는 바실리스크의 송곳니는 목적에 따라 여러 물질로 제작되었다. 피에르 보해나는 "스턴트 장면과 클로즈업 장면은 필요로 하는 것이 다르다"고 말한다. "톰 리들의 일기를 파괴하는 데 쓴 바실리스크의 송곳니는 사람이 찔려도 다치지 않도록 고무로 만들었어요." 바실리스크 입안의 송곳니는 단단했지만 끝부분은 역시 안전을 위해 유연한 고무로 제작됐다. 그리고 송곳니 역시 오랜 세월 낡고 닳은 모습을 보여주기 위해 파괴 가공했다. 헤르미온느 그레인저와 론 위즐리는 〈해리 포터와 죽음의 성물 2부〉에서 잔과 보관 호크룩스를 파괴할 송곳니를 가지러 비밀의 방에 다시 들어간다.

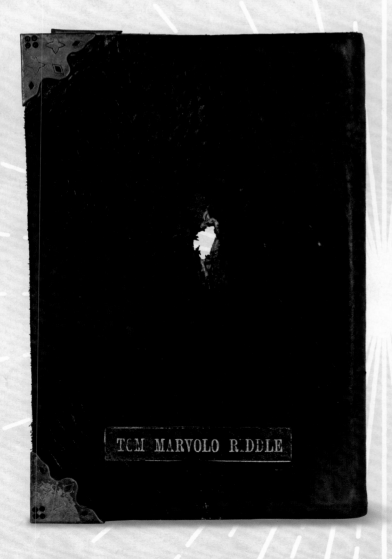

마볼로 곤트의 반지

"우리 주변의 물건 뭐든지 가능해. 반지나……."
—알버스 덤블도어, 〈해리 포터와 혼혈 왕자〉

〈해리 포터와 혼혈 왕자〉에서 덤블도어는 해리에게, 볼드모트가 친숙한 물건들로 호크룩스를 만들었다고 밝힌다. 그리고 해리가 파괴한 일기 이야기를 하면서 또 하나의 호크룩스를 보여주는데, 톰 리들의 할아버지가 간직하던 검은 돌이 박힌 금반지다. 덤블도어와 해리는 펜시브를 통해 톰이 호크룩스를 만드는 방법을 알려달라며 슬러그혼을 설득하는 장면을 본다. 이 장면에서 반지는 가볍게 지나가며 보이지만, 호크룩스에 담긴 어둠의 마법이 흔적을 남긴다는 덤블도어의 말은 이후에 해리가 호크룩스들을 찾는 근거가 되어 영화 내용에 큰 영향을 준다. 반지의 최종 모습은 시리즈 내내 많은 장신구를 디자인한 미라포라 미나가 완성했다. 2마리 뱀이 입으로 보석을 받든 반지 디자인은 슬리데린과의 연관성을 뚜렷이 보여준다. 덤블도어는 그리핀도르의 칼로 이 호크룩스를 파괴하는 데 성공하지만, 안타깝게도 그의 목숨을 대가로 치른다.

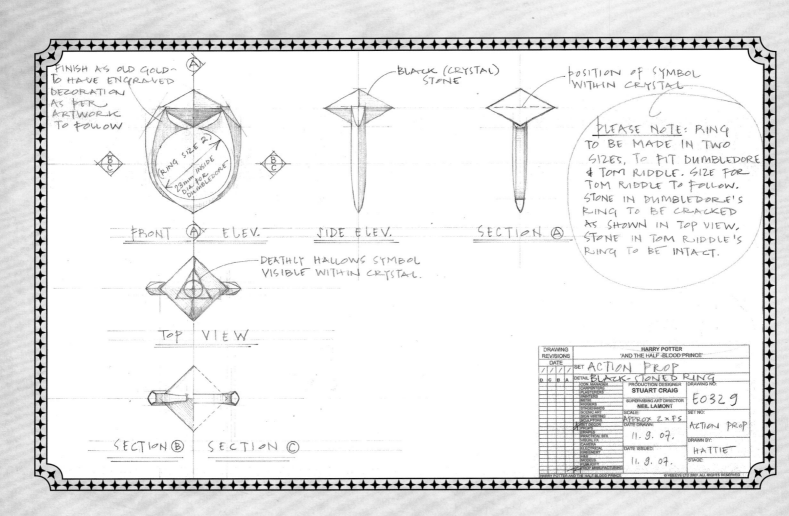

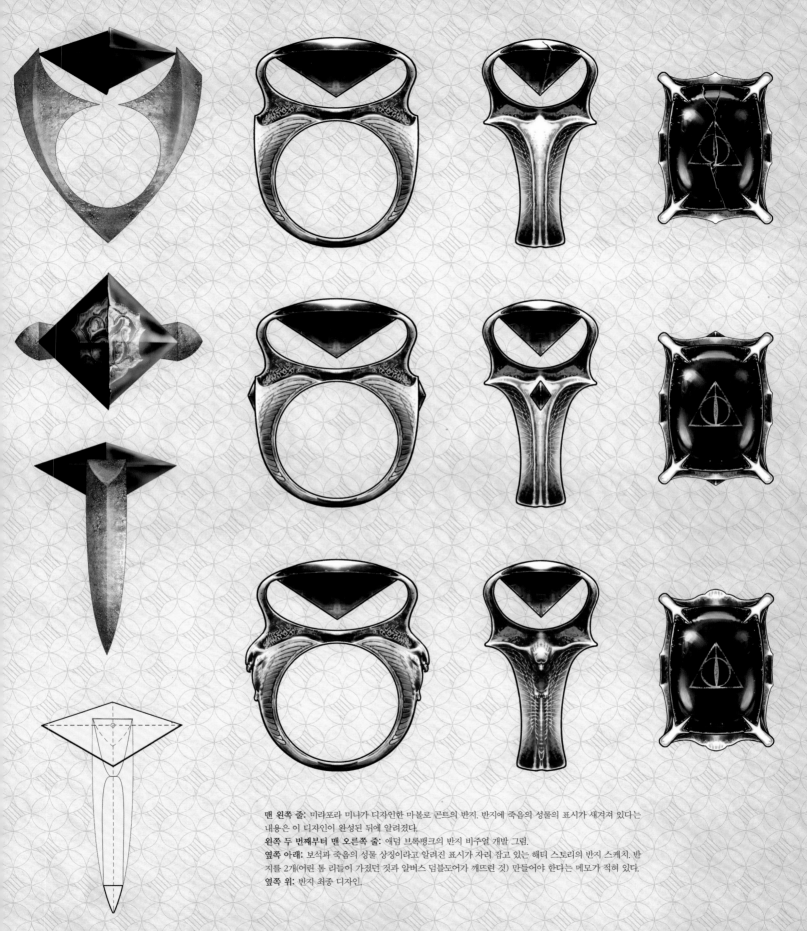

맨 왼쪽 줄: 미라포라 미나가 디자인한 마볼로 곤트의 반지. 반지에 죽음의 성물의 표시가 새겨져 있다는 내용은 이 디자인이 완성된 뒤에 알려졌다.

왼쪽 두 번째부터 맨 오른쪽 줄: 애덤 브록뱅크의 반지 비주얼 개발 그림.

옆쪽 아래: 보석과 죽음의 성물 상징이라고 알려진 표시가 자리 잡고 있는 해티 스토리의 반지 스케치. 반지를 2개(어린 톰 리들이 가졌던 것과 알버스 덤블도어가 깨뜨린 것) 만들어야 한다는 메모가 적혀 있다.

옆쪽 위: 반지 최종 디자인.

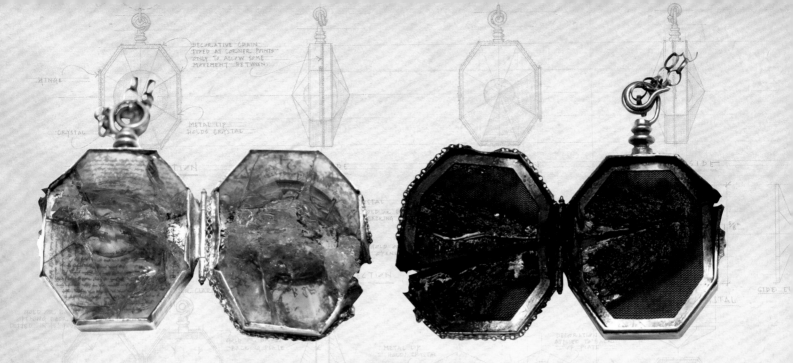

살라자르 슬리데린의 로켓

**"네가 이걸 읽을 때면 난 세상에 없겠지…….
진짜 호크룩스를 훔쳤고, 파괴할 거다."**

—해리 포터가 읽는 레굴루스 블랙의 메모, 〈해리 포터와 죽음의 성물 1부〉

〈해리 포터와 혼혈 왕자〉에서 덤블도어와 해리가 로켓 호크룩스를 찾을 때, 그들은 로켓이 실제로는 2개라는 사실을 몰랐다. 하나는 살라자르 슬리데린의 것으로 볼드모트가 호크룩스로 만들어서 수정 동굴에 숨겨놓았고, 또 하나는 시리우스 블랙의 동생 레굴루스가 진짜 로켓 호크룩스를 훔친 후에 대용품으로 남겨놓은 것이다. 미술 감독 해티 스토리는 "디자인을 시작할 때는 그것이 진짜 로켓이 아니라는 사실을 몰랐다"고 말한다. "어쨌건 2개의 로켓을 하나는 정교하게, 하나는 그만하지는 못하게 만들어야 했어요." 미라포라 미나는 "로켓 만들기가 하나의 도전이었다"고 밝혔다. "사악한 물건이지만 그러면서도 아름다운 면이 있어야 했거든요. 매력적이고 역사적인 느낌을 주어야 했어요."

진짜 슬리데린 로켓은 미나가 박물관에서 본 18세기 스페인 장신구를 참고해서 완성

했다. 미나는 장신구 앞면의 크리스털이 다면체로 깎여 있는 모습이 마음에 들었다고 말한다. "다면체로 되어 있으면 어느 쪽으로 열어야 할지 쉽게 알 수 없을 것 같았어요." 책 속 설명에 따르면 로켓은 녹색 보석으로 만든 S자로 장식되어 있다. 미나는 점성술에서 행성 간의 상대적 각도를 나타내는 기호를 그 주변에 배치했다. S자를 둘러싼 고리 모양에도 글을 새겼고, 뚜껑 뒷면에는 더 긴 글을 새겼다.

미나가 말한다. "로켓 만들기는 정말 즐거웠어요. 로켓의 모든 요소를 여러 면에서 탐구해볼 수 있었죠. 그래서 사슬을 거는 고리도 뱀 모양이 되었어요. 〈해리 포터〉 영화에서는 이 모든 것을 현장에서 만들 수 있어서 매우 좋았어요. 소품 제작자와 어떤 재료를 써야 할지 의논하면서 그에 따라 디자인을 조금씩 변경할 수 있었죠. 〈해리 포터와 죽음의 성물 1부〉에서는 론 위즐리가 그리핀도르의 검으로 호크룩스를 파괴하는 장면을 촬영하기 위해 로켓의 복제품을 만들어야 했다. 피에르 보해나는 다음과 같이 회상했다. "처음에는 2, 3개만 필요할 거라고 말했거든요. 결국 40개를 만들어야 했죠."

왼쪽: 가짜 로켓은 진짜보다 훨씬 조잡하다. 안에는 미라포라 미나가 디자이너로서 이름을 새겨 넣은 작은 양피지가 들어 있다.
위: 론 위즐리가 〈해리 포터와 죽음의 성물 1부〉에서 그리핀도르의 검으로 파괴한 살라자르 슬리데린의 로켓.
바탕: 해티 스토리의 스케치는 모든 각도에서 바라본 로켓의 모습을 보여준다.
옆쪽 왼쪽, 위에서 아래: 〈해리 포터와 혼혈 왕자〉의 호크룩스 동굴에서 로켓을 발견했다가 그것이 진짜가 아니라는 사실을 발견하는 내용 스토리보드와 〈해리 포터와 죽음의 성물 1부〉에서 진짜 로켓을 파괴하는 장면.
옆쪽 오른쪽: 다양한 S자 디자인을 제안하는 미라포라 미나의 콘셉트 아트.

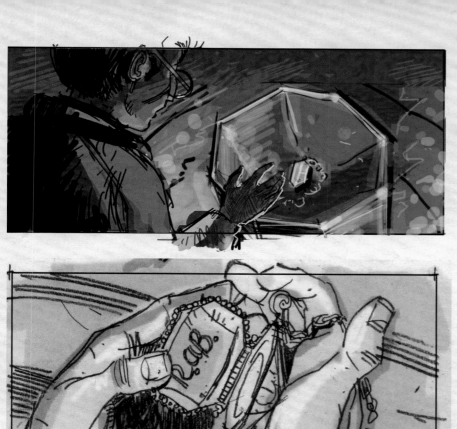

MIRA'S ORIGINAL MONOGRAM

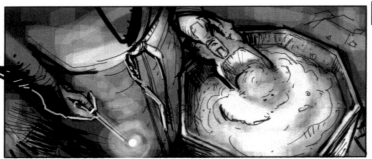

45a

CUT

Harry's POV.
Dumbledore fills ladle and raises it....

TILT UP ...

Flare circles round out of shot
..see digram.

45b

Cont'd

with ladle as it rises...

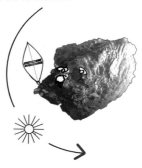

**Cont'd
over**

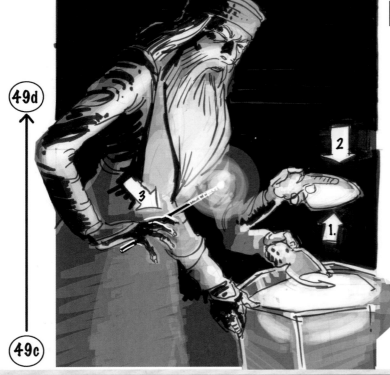

49d

49c

Cont'd

Harry's POV.

1. Dumbledore fills and raises third cup of liquid.

2. he nearly drops cup.

3. Grabs hold of the side of the basin.

Flare circles round out of shot
..see digram.

호크룩스 동굴의
크리스털 잔

"내가 전부 마시게 해. 억지로라도 먹여."

—알버스 덤블도어, 〈해리 포터와 혼혈 왕자〉

〈해리 포터와 혼혈 왕자〉에서 디자이너들이 가장 먼저 작업한 소품 중 하나는 해리가 가짜 호크룩스가 있는 대야에서 독물을 떠내는 데 사용한 크리스털 잔이었다. 해티 스토리는 "처음에는 덤블도어가 물을 마실 크리스털 대야에 금속 컵을 사슬로 연결하려고 했"다고 밝힌다. "하지만 잔이 동굴에서 발견할 수 있을 만한 모양이 되어야 할 것 같았어요. 동굴 안이 온통 크리스털뿐이어서 완벽하게 가공된 느낌이 아니어야 했죠. 볼드모트 경이 물을 마시기 위해 발견하거나 그 자리에서 만들어냈을 것이 분명하니까요." 디자인 자료를 검색하던 중 손잡이가 양머리 모양으로 된 고대 중국의 옥 숟가락을 발견한 미라포라 미나는 이를 참고해 조개껍데기 모양을 한 유기적인 크리스털 소품을 만들었다. "방법을 딱 발견하면 원래 그 방법밖에 없었을 거라는 느낌이 드는 그런 순간이었죠." 하지만 말만큼 쉬운 일은 아니어서, 최종 디자인이 승인을 받기까지 60개의 시안이 검토되었다.

위: 〈해리 포터와 혼혈 왕자〉에서 사용한 크리스털 잔 콘셉트 아트(미라포라 미나).
아래: 해리 포터가 호크룩스 로켓을 찾기 위해서 알버스 덤블도어에게 대야에 든 독물을 마시게 하는 장면 비주얼 개발 그림(애덤 브록뱅크).
옆쪽: 같은 장면의 스토리보드. 잔으로 물을 어떻게 뜨는지 자세히 보여준다.

헬가 후플푸프의 잔/레스트랭 그린고트 금고

"벨라트릭스의 금고에 호크룩스가 있다고 생각해?"

—헤르미온느 그레인저, 〈해리 포터와 죽음의 성물 2부〉

어떤 소품이나 그렇지만 내용상 중요한 소품은 특히 더 긴 제작 과정을 거친다. 피에르 보해나는 "최소한 대여섯 개의 디자인을 제출해서 감독과 제작자의 승인을 받"는다고 밝힌다. 후플푸프의 잔도 그런 경우였다. 제작진은 애초에 디자인한 2배 크기의 잔을 작게 축소해달라고 요청했다. 이 일이 미라포라 미나의 디자인에 영향을 주었을까? 미나가 말한다. "당시에는 아직 7권이 나오지 않아서 우리가 아는 건 거기 오소리 그림이 있다는 것 뿐이었어요. 다른 것들 같은 위엄이 없는 소박한 디자인이어야 했죠. 그 잔을 수천 개나 만들어야 한다는 사실을 미리 알았다면 그게 디자인에 영향을 미쳤을지는 잘 모르겠네요."

미나는 금으로 만든 잔과 아래쪽이 불룩한 중세의 잔들에서 아이디어를 얻었다. 먼저 후플푸프의 무늬를 새긴 실물 크기 잔을 만든 뒤, 소품 제작자들이 금속 공예를 할 때처럼 거기에 얇은 백랍을 대고 두드린 후에 마지막으로 피에르 보해나가 백랍을 금색으로 칠했다. 잔은 〈해리 포터와 혼혈 왕자〉

에서 필요의 방에 놓기 위해 만들어졌지만 제대로 모습을 보인 것은 〈해리 포터와 죽음의 성물 2부〉에서 해리, 론, 헤르미온느가 그린고트에 있는 벨라트릭스 레스트랭의 금고를 습격했을 때다. 금고에는 손이 닿는 물체는 무엇이든 계속 불어나는 주문이 걸려 있다. 해티 스토리가 말한다. "우리는 그걸 플라스틱 공들이 가득 들어찬 볼 풀장과 비슷하게 생각했어요. 여기서는 공 대신 보물과 금이 있는 거죠."

그 장면에 필요한 많은 양을 충당하기 위해서 피에르 보해나는 사출 성형 기계를 24시간 동안 가동했다. 스토리가 다시 말한다. "부드러운 고무로 6가지 다른 물건을 만든 후에, 금고의 20세제곱미터 공간을 정말로 가득 채웠어요." 금고 맨 위쪽 모서리 부근에 있는 진짜 호크룩스 잔을 잡기 위해서 대니얼 래드클리프(해리 포터)는 수천 개의 소품 밑에 감춘 도약대에서 뛰어올라야 했다. 진짜 잔은 헤르미온느 그레인저가 비밀의 방에서 파괴한다.

INSET BLACK
STONES IN HANDLES

REPOUSSÉ BADGER
& LEAVES

2½"

1⅜"

1⅛"

5¼"

1⅛"

ENGR... ...EAVES

ENG... ...D PATTERN

ELEVATION Ⓐ

ELEV...

ELEVATION ...

2¼"

PLAN

왼쪽, 오른쪽: 헬가 후플푸프의 잔 호크룩스 콘셉트 아트(미라포라 미나)와 완성된 소품 클로즈업 참고 사진.
바탕: 〈해리 포터와 죽음의 성물 1부〉와 〈2부〉에 나오는 후플푸프의 컵 스케치 (해티 스토리).
옆쪽: 〈해리 포터와 죽음의 성물 2부〉의 한 장면에서 헤르미온느 그레인저, 해리 포터, 론 위즐리는 가짜 잔을 비롯한 여러 물건이 미친 듯이 늘어나는 레스트랭 금고에 갇힌다. 래드클리프는 지팡이와 그리핀도르의 칼을 양손에 든 채로 진짜 호크룩스를 잡기 위해 움직이는 도약대에서 점프한다.

로웨나 래번클로의 보관

"도대체 보관이 뭔데?"

—론 위즐리, 〈해리 포터와 죽음의 성물 2부〉

래번클로 기숙사의 창립자 로웨나 래번클로의 보관도 디자인 작업을 여러 차례 거친 뒤에야 최종 형태가 결정됐다. 해티 스토리가 말한다. "〈해리 포터와 혼혈 왕자〉의 대본에 보관이 나와서 그걸 만들었어요. 영화에는 결국 나오지 않았죠. 그런 뒤 〈해리 포터와 죽음의 성물 2부〉에서 다시 디자인했는데, 처음과 너무 달라져서 6편에 나오지 않았던 게 다행이었어요." 살라자르 슬리데린의 로켓처럼 (초 챙이 론에게 한 설명에 따르면 "머리띠처럼 생긴 작은 왕관"인) 보관도 2가지 형태로 만들어졌다.

〈해리 포터와 혼혈 왕자〉 책에서 (그와 딸 루나 모두 래번클로 출신인) 제노 필리우스 러브굿은 보관이 자신에게 있다고 믿는다. 눈이 예리한 관객이라면 해리, 헤르미온느, 론이 〈해리 포터와 죽음의 성물 1부〉에서 실마리를 찾아 러브굿의 집에 갔을 때, 그의 집에 있는 래번클로 흉상 머리 부분의 쌍독수리 보관을 알아볼 것이다. 하지만 진짜 호크룩스는 호그와트의 필요의 방에 있다. 래번클로의 보관이 래번클로 독수리 이미지를 담아야 한다는 점은 분명했다. 보관을 날개를 펼친 독수리 모양으로 디자인한 것은 멋진 아이디어였다. 날개에는 깨끗한 흰색 보석들이 박혔고, 독수리 몸통과 늘어진 "꽁지"는 하늘색 다면체 보석 3개로 이루어졌다. 보관은 해리가 후플푸프의 잔을 파괴한 바실리스크의 이빨로 파괴한 뒤에 론이 악마의 화염 속으로 차 넣어 사라진다.

옆쪽: 래번클로 기숙사의 상징인 독수리 모습을 담은 로웨나 래번클로의 보관은, 날개 아래에 "헤아릴 수 없는 지혜는 인간의 가장 큰 보물이다"라는 래번클로의 격언을 새기고 있다.
위: 〈해리 포터와 혼혈 왕자〉를 위한 래번클로의 보관 초기 콘셉트 아트(미라포라 미나).
아래: 이때 제작된 보관은 영화에 쓰이지 않았다.
왼쪽: 러브굿의 집에 있는 로웨나 래번클로 흉상이 (비슷하지만 똑같지는 않은) 보관을 쓴 모습 콘셉트 아트(애덤 브록뱅크).
오른쪽 가운데: 가짜 보관이 쉽게 눈에 띄는 〈해리 포터와 죽음의 성물 1부〉 세트 참고 사진.

내기니

"뱀이야! 뱀이 마지막 호크룩스야."
—해리 포터, 〈해리 포터와 죽음의 성물 2부〉

볼드모트 경에게 충성하는 무시무시한 뱀 내기니는 호크룩스 가운데 유일하게 완전히 컴퓨터로 제작됐다. 〈해리 포터와 불의 잔〉과 〈해리 포터와 불사조 기사단〉에 나온 내기니는 버마비단뱀과 아나콘다의 합성이지만, 길이가 6미터로 두 뱀보다 훨씬 길다. 애초부터 디지털로 구현하기로 예정돼 있던 내기니는 동물 제작 팀이 완벽하게 채색된 실물 마케트(준비 모형)를 만든 후에, 이를 사이버스캔한 정보를 컴퓨터 애니메이터들에게 전달해 작업했다.

내기니는 〈해리 포터와 죽음의 성물 1부〉과 〈2부〉에서 역할이 커졌다. 시각 효과 책임자 팀 버크는 말한다. "아주 진짜 같고 무서운 캐릭터를 만들어야 했습니다. 내기니는 볼드모트의 수하이기도 하지만, 그 스스로도 사악

한 동물이죠. 마지막으로 본 내기니는 별로 진짜 같지 않았어요. 과거에는 내기니의 역할이 별로 크지 않았지만, 이 영화에서는 적들을 위협하는 모습을 보일 기회가 많았죠." 버크는 내기니를 제대로 만들려면 진짜 뱀을 알아야 한다고 팀원들을 설득하고, 리브스덴 스튜디오에 뱀 조련사를 불러서 진짜 대형 뱀의 모습을 보여주었다.

애니메이터들이 뱀을 촬영하고 스케치하는 동안 디지털 아티스트 한 명은 비단뱀의 사진들을 보면서 내기니의 비늘을 손으로 하나하나 새겨, 뱀가죽의 번들거리는 느낌을 더욱 생생하게 살렸다. 살무사와 코브라를 닮은 동작이 추가돼 섬뜩함을 높였고, 살무사처럼 깊은 눈과 보다 날카로워진 송곳니가 더해졌다.

그리핀도르의 칼

"진정한 '그리핀도르'만이 그 칼을 뽑을 수 있어."

—알버스 덤블도어, 〈해리 포터와 비밀의 방〉

호크룩스를 말할 때는 반지와 로켓과 뱀을 파괴하는 그리핀도르의 칼을 빼놓을 수 없다. 해리 포터는 〈해리 포터와 비밀의 방〉에서 마법의 모자로부터 꺼내 바실리스크를 죽일 때 그 칼을 처음 본다. 고블린이 만든 그 칼에는 특정 물질을 흡수해서 스스로를 강화시키는 능력이 있는데, 이 경우에는 호크룩스를 파괴할 수 있는 몇 안 되는 방법 중 하나인 뱀독을 흡수한다. 〈해리 포터와 혼혈 왕자〉에서는 덤블도어가 이 칼로 반지 호크룩스를 파괴하고, 이어 〈해리 포터와 죽음의 성물 2부〉에서 네빌 롱바텀이 모자에서 꺼내 내기니를 죽인다. 소품 제작자들은 경매에서 참고용 진짜 검을 사고 중세 검들을 연구하며 아이디어를 찾았다. 칼에 박힌 둥근 보석은 그리핀도르 기숙사 색깔에 맞는 루비이고, 손잡이 부분에는 고드릭 그리핀도르로 추정되는 사람이 작게 새겨져 있다.

옆쪽 오른쪽 가운데: 〈해리 포터와 불의 잔〉 때 비단뱀과 아나콘다를 결합해서 만든 내기니. 폴 캐틀링 비주얼 개발 그림.
옆쪽 위: 보아뱀의 특징이 더 많이 보이는 캐틀링의 또 다른 내기니 시안.
옆쪽 오른쪽 아래: 〈해리 포터와 불의 잔〉에서 바티 크라우치 2세(데이비드 테넌트)와 내기니가 연약한 상태의 볼드모트를 바라보고 있다.
옆쪽 왼쪽 아래: 〈해리 포터와 죽음의 성물 1부〉에서 볼드모트가 내기니에게 먹이(채러티 벌베이지 교수)를 주는 장면 스토리보드.
왼쪽: 진정한 '주인공' 마법 도구인 그리핀도르의 칼.
오른쪽: 네빌 롱바텀(매슈 루이스)이 그리핀도르의 칼을 들고 있는 홍보 사진.

"죽음의 성물에 대해 뭘 아시죠?"
"소문에 의하면 3가지야. 딱총나무 지팡이, 적에게서 몸을 숨길 투명 망토,
죽은 사람을 살리는 부활의 돌. 그 셋을 모두 가지면 죽음의 지배자가
되지. 하지만 진짜 있다고 믿는 사람은 드물어."

—해리 포터와 개릭 올리밴더, 〈해리 포터와 죽음의 성물 2부〉

해리 포터는 호크룩스뿐 아니라 3가지 물건이 더 필요하다는 사실을 알게 된다. 바로 볼드모트 경을 무적으로 만들어주는 죽음의 성물이다. 그것들이 무엇인지, 누가 그걸 가지고 있는지를 알아내는 과정은 상당한 충격을 선사한다. 그것들은 처음부터 이야기 속에 있었고, 해리와 덤블도어와 어린 볼드모트와 관련되어 있다. 해리는 제노필리우스 러브굿이 〈해리 포터와 죽음의 성물 1부〉에서 빌 위즐리의 결혼식에 하고 온 신기한 목걸이를 통해 처음 죽음의 성물에 대해 알게 된다. 그 목걸이가 상징하는 3가지 물건을 모두 가지면 죽음의 지배자가 된다는 이야기가 전해지는데, 해리는 볼드모트 경이 그 전설을 사실로 여기고 그것을 얻으려 할 것이라고 생각한다. 〈해리 포터와 혼혈 왕자〉 끝부분에서 어둠의 마왕은 덤블도어의 무덤에서 첫 번째 성물인 딱총나무 지팡이를 훔친다. 해리는 이런 사정을 모르는 상태로 또 다른 성물인 투명 망토를 갖고 있고, 세 번째 성물인 부활의 돌은 덤블도어에게서 물려받는다.

위: 〈해리 포터와 죽음의 성물 1부〉에서 제노필리우스 러브굿이 하고 있는 목걸이 비주얼 개발 그림(미라포라 미나).
아래: 헤르미온느 그레인저, 론 위즐리, 해리 포터가 러브굿이 죽음의 성물의 상징을 그리는 모습을 보고 있다.
옆쪽: 같은 장면 스토리보드.

A

Wider as the group try to follow what Lovegood is saying.

Page ◯

CUT TO

B

Angle on Lovegood.

Lovegood: The Resurrection Stone .....

Lovegood draws something on paper o/s

CUT TO

C

Closer on the Three as they listen intently.

CUT TO

D

... then he encloses both in a TRIANGLE.

Lovegood: The Cloak Of Invisability. Together.....
they make the Deathly Hallows. Together ...they make one master of Death.

CUT TO

옆쪽 위: 〈해리 포터와 불의 잔〉에서 알버스 덤블도어(마이클 갬번)가 지팡이를 사용해 기억을 꺼내고 있다.

옆쪽 아래: 애니메이션으로 만든 〈삼 형제 이야기〉 중 한 장면. 삼 형제가 죽음에게서 돌, 지팡이, 망토를 선물로 받아 떠난다.

이쪽: 삼 형제 중 첫째가 받은 딱총나무 지팡이는 세상에서 가장 강력한 마법 지팡이로, 세월이 흐르는 동안 주인이 계속 바뀌어 마침내 알버스 덤블도어의 소유가 된다.

딱총나무 지팡이

**"첫째는 세상에서 제일 강력한 지팡이를 원했고,
죽음은 딱총나무 가지로 지팡이를 만들어줬어요."**

—헤르미온느 그레인저가 읽는 《음유시인 비들 이야기》, 〈해리 포터와 죽음의 성물 1부〉

〈해리 포터와 마법사의 돌〉에서 제작진이 J.K. 롤링에게 처음 보여준 지팡이들은 금박을 씌운 바로크 디자인부터 뿌리가 나고 수정이 달린 것, 곧고 단순한 것, 우드터닝 기법으로 만든 것까지 디자인이 아주 다양했다. 롤링은 뒤에 제안된 디자인들을 선택했다. 소품 제작자는 책에 재료가 나오면 그 나무로, 나오지 않으면 고급 목재로 마법 지팡이를 만들었다. 피에르 보해나가 말한다. "흥미롭고 고급스러운 목재를 찾으려고 했습니다. 하지만 단순한 실루엣은 싫었기 때문에 옹이가 있거나 질감이 흥미로운 것을 선택해서 독특한 모양으로 만들려고 했죠." 디자인이 승인되면 주형을 떠서 수지나 우레탄으로 지팡이를 만들었다. 나무는 너무 잘 부러졌기 때문이다.

딱총나무 지팡이는 이런 원칙을 잘 지켰다. 알버스 덤블도어의 지팡이는 영국산 참나무를 주재료로 해 룬 문자를 새긴 뼈 모양 재료를 중간에 끼워 넣었다. 보해나는 "가장 얇기도 하지만 6~7센티미터마다 특이한 혹이 하나씩 달려 있어서 눈에 확 띄죠"라고 설명한다. 소품 제작자들은 덤블도어의 지팡이가 죽음의 성물 중 하나이며, 세상에서 가장 강력한 지팡이라는 사실을 몰랐다. 보해나가 말한다. "멀리서도 금방 알아볼 수 있죠. 그래야 해요. 말하자면 가장 강력한 무기니까요. 지팡이 중에서라면 다른 모든 걸 압도해버리죠."

투명 망토

"마지막으로 죽음은 셋째에게 물었죠.
겸손한 셋째는 죽음을 피해 강을 건너게 해줄 물건을 달라고 했어요.
죽음은 마지못해 자신의 투명 망토를 내주었어요."

—헤르미온느 그레인저가 읽는 《음유시인 비들 이야기》, 〈해리 포터와 죽음의 성물 1부〉

해리 포터는 〈해리 포터와 마법사의 돌〉에서 크리스마스 선물로 투명 망토를 받는다. 이는 해리가 처음으로 받은 제대로 된 크리스마스 선물이다. 포장지에 붙은 수수께끼의 쪽지에는 해리의 아버지 제임스 포터가 자신에게 남겨준 이 망토를 이제 해리에게 돌려준다는 내용이 쓰여 있다. 해리는 〈해리 포터와 불사조 기사단〉을 뺀 모든 작품에서 투명 망토를 사용한다. 하지만 망토의 기원과 죽음의 성물로서 갖는 중요성은 〈해리 포터와 죽음의 성물 2부〉에 가서야 밝혀진다.

주디애나 매커브스키가 이끄는 의상 팀에서 만든 망토는 두꺼운 벨벳에 염색을 한 후 켈트, 룬, 점성술 기호를 새겨 완성했는데, 이 천은 용도에 따른 몇 종류의 망토를 만드는 데 사용됐다. 대니얼 래드클리프(해리 포터)가 모습을 감추려고 망토를 입을 때는 그린스크린 재료를 댄 망토가 사용됐는데, 래드클리프는 망토를 몸에 두르기 전에 천을 교묘하게 뒤집어서 녹색 천이 위로 오도록 했다. 완벽하게 몸이 투명해진 장면 촬영에 사용한 또 하나의 망토는 벨벳 천을 양면에 댄 형태였다. 이 망토는 전신 그린스크린 옷을 입은 상태에서 들거나 뒤집어쓰는 방법으로 사용됐다.

위: 〈해리 포터와 죽음의 성물 1부〉 스크린 캡처. 삼 형제는 죽음에게서 선물을 받고, 죽음은 그들의 목숨을 차지할 기회를 기다린다.
아래: 죽음이 자신이 입은 옷을 잘라서 투명 망토를 만드는 장면 컬러 키(데일 뉴턴).
옆쪽 위: 해리 포터가 〈해리 포터와 마법사의 돌〉에서 알버스 덤블도어가 준 크리스마스 선물인 투명 망토를 들고 있다.
옆쪽 아래: 그린스크린 면을 바깥으로 해서 망토를 두른 대니얼 래드클리프.

부활의 돌

**"둘째는 죽음에게 더 굴욕감을 주기 위해 죽은 사람을 살릴 힘을 달라고 했죠.
죽음은 돌을 꺼내 그에게 주었어요."**

—헤르미온느 그레인저가 읽는 《음유시인 비들 이야기》, 〈해리 포터와 죽음의 성물 1부〉

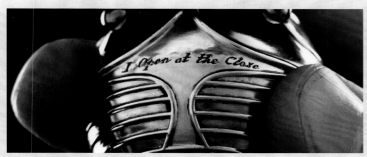

옆쪽: 〈해리 포터와 죽음의 성물 1부〉의 〈삼 형제 이야기〉 애니메이션 비주얼 개발 그림.
위: 〈해리 포터와 죽음의 성물 1부〉에서 둘째가 죽음에게서 부활의 돌을 받는 장면 스크린 캡처.
가운데: 〈해리 포터와 죽음의 성물 2부〉 끝부분에서 해리 포터는 골든 스니치에 적힌 글을 마침내 이해한다. 골든 스니치가 열리자 부활의 돌이 나타나고 해리는 이를 통해 세상을 떠난 사랑하는 사람들, 부모인 제임스와 릴리, 대부 시리우스 블랙, 리무스 루핀 교수와 대화한다.
아래: 골든 스니치를 여는 방식을 상상한 비주얼 개발 그림.

부활의 돌은 유일하게 죽음의 성물이자 호크룩스인 물품이다. 〈해리 포터와 혼혈 왕자〉에서 처음 모습을 보였을 때 이 돌은 금이 가고 망가진 상태였다. 알버스 덤블도어가 목숨을 잃어가며 그리핀도르의 칼로 그것을 파괴했기 때문이다. 〈해리 포터와 죽음의 성물 2부〉에서 다시 등장한 이 돌은 덤블도어가 해리에게 준 유품, 즉 그가 맨 처음 잡았던 골든 스니치 안에서 발견된다.

부활의 돌 역시 다음 책이 나오기 전, 또는 제작진이 그 물품의 중요성을 알기 전에 제작을 시작한 소품 중 하나다. 해티 스토리는 "덤블도어가 6편에서 끼고 있던 반지의 보석을 디자인할 때, 우리도 다른 사람들처럼 아무것도 몰랐어요"라고 밝힌다. 제작진은 그것이 부활의 돌이 될 거라는 사실도, 돌에 새겨져 있어야 할 죽음의 성물 상징 문양에 대해서도 알지 못했다. 다행히 얼마 후 7편인 《해리 포터와 죽음의 성물 1부》가 발간됐고, 해티 스토리는 그 책을 "아주 급하게" 읽었다. "그리고 내용을 바탕으로 돌의 디자인을 바꿨죠."

부활의 돌은 〈해리 포터와 죽음의 성물 2부〉에서 해리가 골든 스니치를 입술에 댔을 때, 거기 적힌 "나는 끝날 때 열린다"를 그대로 실천하며 마지막으로 등장한다. 소품 팀은 골든 스니치가 열리면서 돌이 올라오는 기계 장치를 만들었고, 돌이 공중에 떠오르는 장면은 디지털로 연출했다.

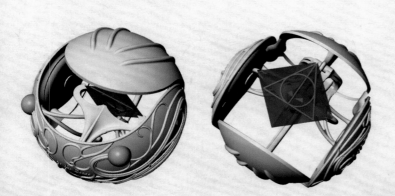

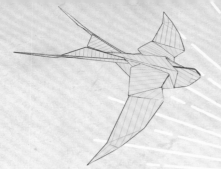

맺음말

사람들이 알아볼 만한 많은 소품이 시리즈 내내 필요의 방으로 향했고, 결국은 모든 것을 보관하는 5개의 큰 창고로 들어갔다. 영화 시리즈 전체의 소품 감독 배리 윌킨슨은 여러 해 동안 함께 일한 아티스트와 공예가 들을 칭찬한다. "첫 번째 영화에서부터 기준은 변하지 않았습니다. 모든 소품이 자랑스럽습니다. 하나같이 훌륭하니까요."

옆쪽: 〈해리 포터와 죽음의 성물 2부〉의 필요의 방 참고 사진에서 소망의 거울이 높다랗게 쌓인 수많은 물품을 비쳐 보이고 있다. **위:** 〈해리 포터와 불사조 기사단〉에서 파르바티 파틸이 어둠의 마법 방어술 교실에서 날린 종이 제비 비주얼 개발 그림(애덤 브록뱅크). **왼쪽:** 〈해리 포터와 아즈카반의 죄수〉에서 드레이코가 종이학을 만드는 종이에 그린 그림. 콘셉트 아티스트 더멋 파워의 아들 엘런 파워 작품. **아래:** 〈해리 포터와 혼혈 왕자〉에서 드레이코 말포이가 사라지는 캐비닛을 시험해보는 데 사용한 새가 들어 있던 새장 비주얼 개발 그림.

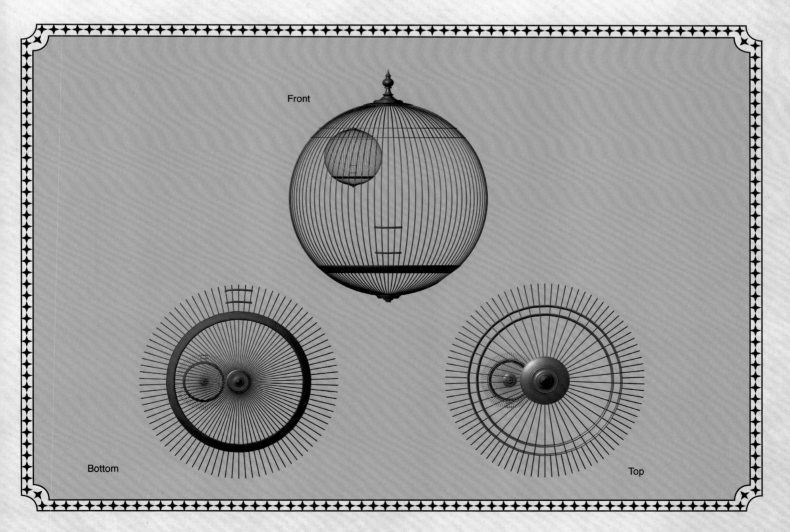

Front

Bottom

Top

이 책의 한국어판은 오렌지에이전시를 통해 저작권사와 독점 계약한 ㈜문학수첩에서 2018년 출간되었습니다.

해리 포터 마법 도구 금고

초판 1쇄 인쇄 2018년 11월 15일
초판 1쇄 발행 2018년 12월 7일

지은이 | 조디 리벤슨
옮긴이 | 고정아
발행인 | 강봉자·김은경
펴낸곳 | (주)문학수첩
주 소 | 경기도 파주시 회동길 192(문발동 513-10)
전 화 | 031-955-4445(대표번호), 4500(편집부)
팩 스 | 031-955-4455
등 록 | 1991년 11월 27일 제16-482호

홈페이지 | www.moonhak.co.kr
블로그 | blog.naver.com/moonhak91
이메일 | moonhak@moonhak.co.kr

ISBN 978-89-8392-724-8 03840

이 도서의 국립중앙도서관 출판예정도서목록(CIP)은 서지정보유통지원시스템 홈페이지(http://seoji.nl.go.kr)와 국가자료공동목록시스템(http://www.nl.go.kr/kolisnet)에서 이용하실 수 있습니다.(CIP제어번호: CIP2018031650)

*파본은 구매처에서 바꾸어 드립니다.

2쪽: 골든 스니치.
5쪽: 〈해리 포터와 비밀의 방〉 중 《모스테 포텐트 마법의 약》 책 폴리주스 마법약 제조법 부분 삽화.
이쪽: 〈해리 포터와 마법사의 돌〉의 후플푸프, 그리핀도르 응원 도구들.